바스커빌가의 개와
추리 좀 하는 친구들

〈일러두기〉

● 이 책은 영국의 추리 소설 작가 아서 코넌 도일이 셜록 홈스를 주인공으로 삼아 쓴 소설 『바스커빌가의 개』를 토대로 쓰여졌습니다.
원작의 줄거리를 유지하면서 명탐정 홈스의 추리가 어떤 식으로 이루어졌는지 살펴볼 수 있도록 원작에는 없는 탐정의 후손들을 등장시켜 새로운 추리 소설을 완성하였습니다.

나무클래식 09

셜록 홈스와 함께하는 논리 수업

바스커빌가의 개와 추리 좀 하는 친구들

이한음 글 | 원혜진 그림

나무를 심는 사람들

새로운 홈스를 기대하며

『바스커빌가의 개』(1902)는 영국의 너무나 유명한 추리 소설 작가인 아서 코넌 도일이 탐정 셜록 홈스를 주인공으로 삼아 쓴 세 번째 장편 소설이다. 사실 코넌 도일은 1893년에 쓴 단편 소설 「최종 문제」에서 홈스가 죽는다고 설정했다. 홈스는 숙적인 제임스 모리아티 교수와 싸우다가 폭포로 떨어져서 죽었다. 작가가 자신의 유명한 주인공을 죽인 이유는, 홈스 시리즈에 너무나 몰두하다 보니 더 진지한 문학 작품을 쓰기가 어려웠고, 자신의 삶이 점점 엉망이 되어 갔기 때문이라고 했다.

하지만 홈스를 죽이자, 독자들의 항의가 빗발쳤다. 결국 코넌 도일은 독자들의 성화에 못 이겨서 홈스를 부활시켰다. 그는 1903년 단편 소설 「빈 집의 모험」을 통해 홈스를 부활시켰는데, 그 전해인 1902년에 『바스커빌가의 개』를 발표하여 홈스가 부활할 것임을 예고했다. 『바스커빌가의 개』는 원래 홈스를 폭포에서 떨어뜨리기 전에 기획한 책이었다. 그래서 무대도 폭포 추락 사건 이전으로 설정되어 있다.

코넌 도일은 17세기에 데번에 실제로 살았던 어느 대지주에 관한 이야기를 듣고 이 이야기를 구상했다고 한다. 그 대지주는 악마에게 영혼을 판 사

악한 악당이었는데, 그의 시신을 매장하는 날 밤 유령 같은 사냥개 무리가 황무지를 건너와서 그의 무덤 주위에서 울었고, 그 뒤로 기일이 되면 그가 유령 사냥개 무리를 이끌고 나타난다는 것이다.

『바스커빌가의 개』는 서술 구조가 독특하다. 왓슨이 화자가 되어 홈스의 사건 해결 과정을 들려주는 형식이라는 점에서는 다른 홈스 시리즈와 다를 바 없다. 하지만 중간에 왓슨이 홈스에게 보낸 보고서 형식으로 쓴 장도 있고, 왓슨의 일기 형식으로 쓴 장도 있다. 좀 다양한 형식을 실험했다고 할 수 있다.

『바스커빌가의 개』는 크게 네 부분으로 나눌 수 있다. 홈스가 모티머 박사와 헨리 경을 만나서 저주에 관련된 이야기를 나누고 이런저런 사소한 사건을 겪는 부분, 왓슨이 바스커빌관에 내려가서 집사 부부 및 탈옥수와 얽히는 부분, 왓슨이 주민들을 만나면서 조사를 하는 부분, 홈스와 왓슨이 만나서 사건을 해결하는 부분 등이다. 그리고 늘 그렇듯이, 왓슨의 미진한 궁금증을 홈스가 감질나게 설명해 주는 대목이 나온다.

필자의 이 책은 『바스커빌가의 개』에서 범인이 잡히지도 않았고 자백도

이루어진 적이 없다는 점에 착안했다. 원서에서 모든 음모를 꾸민 범인은 도망가다가 그림펜 늪에 빠져 죽은 것으로 설정해 놓았지만, 빠져 죽는 광경을 목격한 사람은 아무도 없었다. 즉 요즘 말로 하자면, 모든 것이 정황증거에 불과한 셈이다. 그런 허점이야말로 새로운 창작의 소재가 될 자격이 충분하다.

필자는 관점을 뒤집어서 사실은 범인은 스테이플턴이 아니고, 누군가 음모를 꾸며 그에게 뒤집어씌울 계획을 세웠을 가능성을 떠올렸다. 『바스커빌가의 개』는 그렇게 뒤집어 생각하면서 읽어도 충분히 재미가 있다. 여러 등장인물이 저마다 개성이 뚜렷하고, 나름대로 내면의 동기를 지니고 각자 사건과 독특하게 관련을 맺고 있기 때문이다. 따라서 스테이플턴의 아내, 집사 부부, 라이언스 부인, 혹은 탈옥수가 음모를 꾸민 범인이라고 가정하고 읽는 것도 얼마든지 가능하다. 그러면 또 다른 형태의 이야기가 나올 것이다.

이 책은 그 기본 착상을 토대로 홈스와 왓슨, 그리고 레스트레이드 경감

의 후손을 등장시키고, 아울러 범인의 후손이라고 자처하는 인물을 등장시켜서 이야기를 꾸몄다. 사실 처음에 쓴 원고는 좀 더 이야기 구조가 복잡했다. 현재의 인물들과 과거의 인물들이 복잡하게 뒤얽히면서 추리 소설답게 읽는 재미가 있는(바꿔 말하면 난해한) 원고였지만, 아쉽게도 잘렸다.

대신 나온 것이 산뜻하게 장이 나뉘고 읽기가 훨씬 수월한 이 책이다. 홈스의 추리가 어떤 식으로 이루어졌는지를 살펴볼 수 있고, 그 과정을 따라갈 수 있게 이야기를 짰다. 물론 홈스의 추리 방식은 범죄 수사만이 아니라, 학업 등 일상생활에도 얼마든지 적용될 수 있다. 우리 삶 자체가 추리적인 요소로 가득하니까!

참고로 『바스커빌가의 개』는 원래 왓슨의 관점에서 서술되어 있지만, 이 책에서는 서술의 일관성을 위해서 원작을 인용할 때 3인칭 관점을 취했음을 밝혀둔다.

2017년 2월 이한음

차 례

프롤로그

“여기가 『바스커빌가의 개』 사건이 일어난 곳입니다.”

스칼렛 왓슨은 손님들에게 벽에 확대하여 붙인 신문 기사의 내용을 설명했다. 데번 지역에서 그림펜 늪지를 개발하려는 계획을 놓고 논란이 벌어지고 있다는 기사였다.

“바스커빌가의 개 사건은 다 아시죠?”

스칼렛이 묻자, 여덟 명 중 두 명만 고개를 끄덕였다. 그러자 아서 홈스가 나섰다.

“그럼 제가 간단히 설명해 드리지요. 어느 날 모티머 박사라는 손님이 셜록 홈스의 사무실로 찾아옵니다. 자기가 살고 있는 곳에 찰스 바스커빌 경이라는 귀족이 있는데, 밤에 산책하다가 심장마비로 사망했다고 말하지요. 그리고 헨리 경이라는 상속인이 곧 올 텐데, 헨리에게 조언을 해 달라고 부탁합니다. 문제는 바스커빌 집안에는 대대로 개의 저주가 전해진다는 것이었어요. 조상 중에 휴고라는 악당이 있었는데, 나쁜 짓

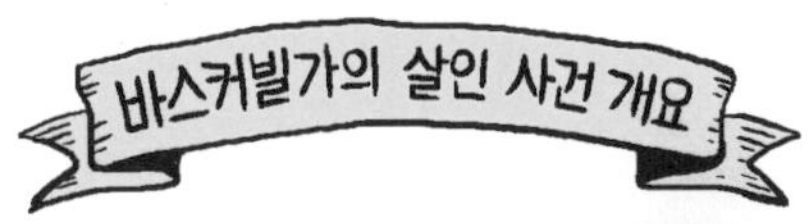

휴고 바스커빌
(악당 조상, 개에게 물려 죽음)

찰스 바스커빌(사망)

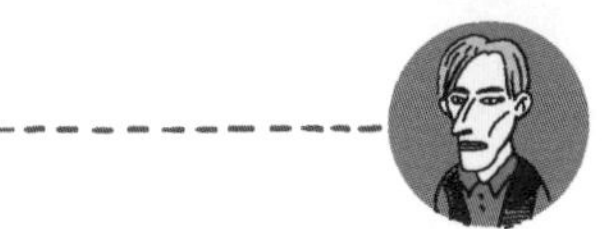

스테이플턴(범인)

헨리 바스커빌(상속인)

을 하다가 괴물 같은 거대한 개에게 물려 죽었고, 그 저주가 후손에게도 전해진다고 했어요. 동네에서는 찰스 경의 죽음이 바로 그 저주 때문이라고 소문이 돌았고요.

홈스는 찰스 경의 죽음과 저주라는 이야기에 흥미가 동해서 수사에 나섭니다. 경의 죽음이 저주나 사고 때문이 아니라, 살인 사건임을 직감했어요. 이윽고 홈스와 왓슨은 데번에 내려가서 수사를 한 끝에 용의자를 찾아냅니다. 스테이플턴이라는 사람이었지요. 그는 거대한 사냥개에 형광 물질을 칠해서 밤에 무시무시하게 보이게 했어요. 지병이 있던 찰스 경은 그 개를 보고 놀라서 사망했지요. 스테이플턴은 상속인 헨리에게도 같은 방법을 쓰려고 했습니다. 하지만 계획을 눈치챈 홈스와 왓슨이 가까스로 사냥개를 죽이고, 헨리 경을 구하지요. 범인은 저 기사에 나온 그림펜 늪으로 달아나다가 빠져 죽고요."

아서의 설명에 손님들은 고개를 끄덕였다. 자세한 내용이 궁금해졌

할아버지 이름 팔아먹고 살기도 힘들다.
휴~ 오늘 수입은 어때?

는지, 기념품점을 둘러보던 손님 두 명이 책장에 꽂혀 있는 『바스커빌 가의 개』를 구입했다.

손님들이 나간 뒤 아서와 스칼렛은 안락의자에 털썩 주저앉았다.

"오늘 수입은 어때?"

아서가 묻자 스칼렛은 고개를 저었다.

"요즘 경기가 안 좋긴 하나 봐. 이번 달은 집세도 내기 힘들겠어."

명탐정 홈스와 그의 조수이던 의사 왓슨의 후손인 두 사람이 의기투합하여 탐정 사무소를 차린 것은 3년 전이었다. 사실 이름만 탐정 사무소였다. 둘은 각자 이런저런 사업을 하다가 말아먹은 뒤, 결국 조상의 명성에 기대는 길을 택했다.

그들은 베이커가에 탐정 사무소를 내면서 예전 명탐정 홈스의 사무소를 고스란히 재현했다. 책상과 책장, 소파 등을 똑같이 배치했을 뿐만 아니라, 벽난로도 놓고 실내 분위기도 다를 바 없이 꾸몄다. 심지어 옷

손님이 너무 없어.
이번 달은 집세도 내기 힘들겠어.

차림까지 모방하여, 아서는 이따금 명탐정 홈스처럼 실내 가운을 걸치고서 손님을 맞곤 했다. 명탐정 홈스는 추리에 빠져들 때면 창문을 꼭꼭 닫고 마치 불이 난 것처럼 실내가 연기로 자욱할 때까지 담배를 피워 댔지만, 그들이 세운 사무소는 금연 건물에 있다는 점이 다를 뿐이었다.

또 그들은 입구 옆에 기념품점을 따로 마련했다. 그곳에서 엽서와 책자, 사진과 그림, 파이프와 지팡이, 모자 등 명탐정과 관련된 온갖 기념품을 팔았다. 즉 말이 탐정 사무소지, 사실상 관광객들을 끌어들이기 위한 곳이었다.

게다가 그들은 무명 연극배우들을 고용해서 매주 홈스와 왓슨이 해결한 사건들을 소재로 소규모 공연도 했다. 관광객들은 홈스와 왓슨이 의뢰인을 맞이하고 이런저런 추리를 하는 광경을 바로 옆에서 생생하게 지켜볼 수 있었다. 덕분에 그들의 사업은 처음에 꽤 인기를 끌었다. 하지만 경기가 점점 나빠지면서 관광객의 수가 줄자 최근에는 공연자들에게 일당을 주기도 버거웠다.

"이대로는 힘들겠어. 뭔가 방안을 강구해야 해."

스칼렛이 말하자 빈 파이프를 입에 물고 빠끔대던 아서가 고개를 끄덕였다.

"진짜 탐정 일을 해 볼까?"

둘은 서로 얼굴을 보면서 피식 웃었다. 말도 안 된다는 것을 누구보다도 잘 알았으니까. 탐정 일은 아예 해 본 적도 없는데, 괜히 나섰다가 실수만 거듭하며 조상들의 명성에 먹칠을 하게 된다면, 결국 이 관광 사업까지 말아먹을 가능성이 높았다.

그때 똑똑 문을 두드리는 소리가 났다. 스칼렛이 문을 열자, 키가 자그마하고 눈매가 날카로워 보이는 남자가 서 있었다. 스칼렛은 좀 의아했다. 혼자 오는 관광객은 거의 없었기 때문이다. 그래도 손님은 손님이라 스칼렛은 평소와 같이 연극적인 어투를 살려 말했다.

"홈스 탐정 사무소에 오신 것을 환영합니다. 어떤 의뢰를 하러 오셨습니까?"

으레 하는 인사였다. 그러면 대개 손님은 이것저것 물어보면서 신기한 표정으로 둘러보곤 했다. 그리고 나갈 때는 기념품을 사 가곤 했다.

그런데 이 손님은 좀 달랐다. 스칼렛이 악수를 하기 위해 내민 손도 무시하고, 무표정한 얼굴로 실내를 둘러볼 뿐이었다. 스칼렛뿐 아니라 아서도 멋쩍은 표정을 지었다.

"관광하러 오신 분 같지는 않은데, 무슨 일이신지?"

아서가 묻자 손님은 아서의 맞은편에 놓인 안락의자에 털썩 앉았다. 그리고 무표정한 얼굴로 말했다.

"탐정 사무소에 뭐하러 왔겠어요. 사건 의뢰를 하러 왔지요."

아서와 스칼렛은 멍한 표정으로 서로를 쳐다보았다. 갑자기 말문이 막힌 그들은 잠시 뒤, 서로에게 눈짓을 했다. '네가 말해!' 하고.

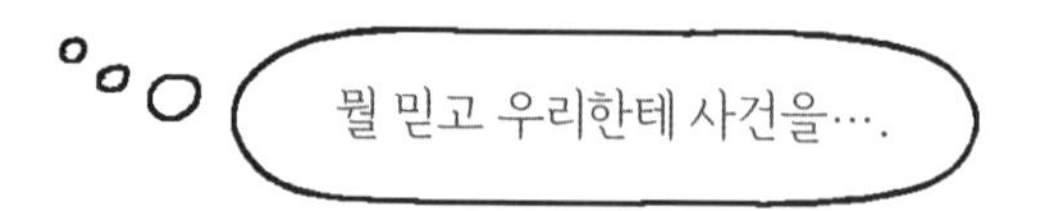

결국 아서가 헛기침을 하면서 입을 열었다.

"저, 이곳은 진짜 탐정 사무소가 아니고요."

그러자 손님이 말을 가로막고 나섰다.

"나도 알아요. 하지만 탐정 사무소로 등록되어 있지 않습니까? 탐정 면허도 받았고요."

아서가 얼떨떨한 표정으로 대답했다.

"그거야 구색을 맞추려고…."

손님은 다시 아서의 말을 탁 끊었다.

"그거면 됐습니다. 내가 의뢰하려는 일은 어려운 것도 아니니까요."

그는 들고 온 가방에서 무언가를 꺼냈다. 아서와 스칼렛은 다시 얼떨떨한 표정을 지었다.

"이건, 책이네요?"

아서가 말하자 손님은 여전히 무표정하게 답했다.

"맞습니다. 바로 왓슨이 쓴 책이죠. 『바스커빌가의 개』."

"알죠. 홈스와 왓슨이 멋지게 해결한 사건이었지요."

스칼렛이 자랑스럽게 말하자, 여태까지 표정이 없던 손님이 갑자기 험악하게 인상을 찌푸리면서 목소리를 높였다.

"멋지게 해결한 게 아닙니다. 잘못된 수사였어요!"

아서와 스칼렛은 놀라서 다시 멍한 표정이 되었다. 잠시 뒤 아직 얼떨떨한 기분을 벗어나지 못한 아서가 눈을 깜박이면서 물었다.

"저, 그, 그게 무슨 말이죠? 잘못된 수사였다니요?"

"말 그대로죠. 스테이플턴은 범인이 아니었어요. 홈스와 왓슨이 엉뚱한 사람을 범인으로 몬 겁니다!"

재수사를 의뢰하다

아서와 스칼렛은 동시에 소리쳤다.

"말도 안 돼요!"

하지만 손님은 개의치 않고 말했다.

"물론 그렇게 말하겠지요. 하지만 내 설명을 들으면 잘못된 수사였다는 사실을 알게 될 겁니다."

"잠깐만요. 100년도 훨씬 더 지난 옛날 일과 사건 의뢰가 무슨 상관이 있지요?"

아서가 묻자, 손님은 그를 노려보면서 말했다.

"상관이 있지요. 나는 재수사를 의뢰하는 겁니다!"

아서와 스칼렛은 그 말에 충격을 받았다. 스칼렛은 아무래도 오늘 너무 여러 번 놀라서 턱이 빠질지도 모르겠다는 생각을 했다.

"재수사요?"

"네, 두 분이 다시 수사를 해 달라는 겁니다. 저는 스테이플턴이 범인

이 아니라고 믿습니다. 재수사를 하면 그 사실이 명백히 드러날 겁니다. 그러면 그 수사 결과를 발표해 주세요. 홈스와 왓슨의 이름으로요."

충격도 계속 받다 보면 무뎌지는 모양이었다. 아서와 스칼렛은 서서히 평정을 회복했다.

"그래서 여길 찾아온 겁니까? 우리가 홈스와 왓슨의 후손이라서요?"

손님은 단호하게 고개를 끄덕였다.

"그래야 진정으로 공정한 재수사라고 여겨질 테니까요."

스칼렛과 아서는 황당한 표정을 지었다. 너무나 어처구니가 없었다. 명탐정 홈스가 한 수사가 잘못되었을 리도 없겠지만, 백번 양보하여 잘못되었다고 쳐도 후손인 자신들이 그렇다고 선언할 이유가 어디 있겠는가? 지금 하는 사업까지 망치게 될 것이 뻔한데.

"우리가 그걸 왜 하겠어요?"

스칼렛이 묻자 손님은 통명스럽게 대답했다.

헉~ 저 돈이면….

“두 가지 이유가 있습니다. 첫째는 돈이지요.”

남자는 지갑에서 무언가를 꺼냈다. 빳빳한 수표였다. 거기에 적힌 액수를 본 아서와 스칼렛은 깜짝 놀라고 말았다. 지금의 곤란한 경제적 문제를 해결할 수 있을 뿐 아니라, 숙원이던 연극 공연장까지 아래층에 지을 수 있을 만한 큰돈이었기 때문이다. 스칼렛은 저도 모르게 꿀꺽 침을 삼켰다.

스칼렛은 아서를 쳐다보았다. 그도 혹한 표정이었다. 하지만 아서는 수표를 물끄러미 바라보다가 고개를 저었다.

“이 돈이 잠시 동안은 우리에게 도움이 될 수도 있겠지요. 하지만 그 대가가 명탐정 홈스의 명성을 깎아내리는 것이라면, 우리는 그 파급 효과를 생각하지 않을 수 없습니다. 우리가 바스커빌가의 수사 결과가 잘못되었다고 발표하면, 사람들은 홈스가 수사한 다른 사건들에도 마찬가지로 의구심을 제기하겠지요. 그리고 그 의혹들이 근거가 있든 없든 간

에 홈스의 명성은 땅에 떨어질 것이고, 결국 선조의 명성에 기댄 이 사업도 끝장날 겁니다."

잠자코 듣고 있던 의뢰인은 의아하다는 듯이 쳐다보았다.

"그렇다면 두 분도 제 생각에 동의하시는 모양이네요?"

"네? 무슨 말입니까?"

"저는 두 분을 매수하려는 것이 아닙니다. 제가 원하는 것은 재수사일 뿐입니다. 재수사를 의뢰하는 이유는 말씀드렸고요."

"명탐정 홈스의 수사가 잘못되었다는 걸 증명해 달라는 것 아닙니까?"

아서가 말하자 그는 고개를 끄덕였다.

"저는 잘못되었다고 믿기 때문에 그렇게 말한 겁니다. 설마 두 분도 제 의견에 동의하시나요?"

"아니죠!"

아서와 스칼렛은 동시에 외쳤다.

"그렇다면 재수사를 해도 상관없지 않습니까?"

"그 말은 재수사로 어떤 결론이 나온다고 해도 상관하지 않겠다는 겁니까?"

스칼렛은 의아하다는 투로 물었다.

"그렇습니다. 홈스와 왓슨의 수사가 옳았다는 결론이 나와도 관계없습니다. 물론 저는 그럴 리가 없다고 보지만요."

"하지만 우리가 자의적으로 그들의 수사가 옳았다는 결론을 내린다면요?"

아서가 묻자 의뢰인은 피식 웃었다.

"설마 홈스와 왓슨이라는 이름을 물려받은 분들이 그럴 리는 없겠지요. 저는 공정한 수사가 이루어질 것이라고 믿습니다. 그래서 찾아온 것이고요."

스칼렛은 아서와 시선을 주고받았다. 그런 의뢰라면 굳이 거절할 이유

가 없지 않겠어? 스칼렛은 무언가 생각났다는 듯이 의뢰인에게 물었다.

"우리가 해야 하는 이유가 또 하나 있다고 했지요?"

"그건 그리 중요하지 않습니다만, 물으시니까 답하지요. 저는 두 분이 의뢰를 받지 않겠다면 다른 탐정을 찾아갈 생각입니다. 능력과 양심의 수준을 떠나서 이 의뢰를 받아들일 만한 탐정을 찾기는 어렵지 않겠지요? 물론 신뢰도가 좀 떨어질 수 있겠지만, 그래도 그 사건 수사가 잘못되었다는 사실은 알릴 수 있겠지요."

스칼렛의 머릿속에 다른 탐정이 명탐정 홈스의 수사가 잘못되었다고 기자 회견을 하는 장면이 떠올랐다. 생각만 해도 기분이 나빠서 스칼렛은 저도 모르게 소리쳤다.

"왜 그 사건에 집착하는 거죠? 홈스와 왓슨의 명예를 깎아내려서 선생님께 무슨 이득이 있다는 겁니까?"

의뢰인은 무표정하게 아서와 스칼렛을 쳐다보았다.

"두 분은 조상과 달리 탐정의 자질이 좀 부족한 듯하네요. 자신의 입장에서만 보지 말고 의뢰인의 입장에서 볼 수는 없나요?"

스칼렛과 아서는 다시금 영문을 모르겠다는 표정을 지었다. 그때 아서의 머릿속에 뭔가 떠오른 듯했다.

"명예 훼손이 아니라, 명예 회복이 목적이란 말인가요?"

의뢰인은 고개를 끄덕였다. 아서는 다시 물었다.

"성함이 어떻게 되시는지요?"

"휴고 바스커빌입니다."

스칼렛은 깜짝 놀랐다.

"설마요! 농담하시는 거죠?"

"천만에요. 진짜입니다. 『바스커빌가의 개』에 나온 인물과 같은 이름이지요."

그러자 아서가 물었다.

어떻소? 선조 스테이플턴의
명예를 회복해 주겠소?

"혹시 그 책에 나오는 스테이플턴의 후손이라고 주장하는 것은 아니시겠지요?"

스칼렛은 그제야 의뢰인이 온 목적을 알아차렸다.

"그러니까 명탐정 홈스와 왓슨을 깎아내리기 위해서가 아니라, 스테이플턴의 명예를 회복하러 오신 겁니까?"

"그렇습니다. 스테이플턴은 제 증조부입니다."

스칼렛은 갑자기 황당해졌다. 그녀는 『바스커빌가의 개』에 실린 내용을 떠올렸다.

"그럴 리가 없어요. 스테이플턴은 늪에 빠져 죽었어요. 스테이플턴 부부에게 자식이 있었다는 기록도 없었고요."

"제가 스테이플턴의 자손이라는 이야기는 제 아버님이 해 주신 겁니다. 임종 시에 말씀하셨지요. 그냥 무덤에 갖고 가려다가 진실을 알려야 하겠다고 하시면서요. 아버님의 말씀에 따르면, 스테이플턴은 늪에 빠져 죽은 게 아니라, 황무지로 달아났다가 밀수선을 타고 코스타리카로 갔다고 합니다. 사람이 적은 오지 마을에 숨어 살았어요. 그러다가 동네 여성과 혼인을 해서 자식을 낳았고요. 그 후손이 바로 접니다."

아서와 스칼렛은 여전히 의심 가득한 눈빛으로 의뢰인을 쳐다보았다. 그러자 자칭 스테이플턴의 후손이라고 하는 의뢰인은 물끄러미 그들을 바라보다가 일어섰다.

"못 믿겠다는 표정이네요. 그러면 그 부분부터 조사하면 되겠군요."

스칼렛과 아서는 당황했다.

"잠깐만요. 우리는 아직 의뢰를 받아들이지 않았어요."

의뢰인은 피식 웃으면서 말했다.

"선택의 여지가 없을 텐데요? 열흘 뒤에 다시 오지요."

의뢰인이 떠나자, 스칼렛과 아서는 고민에 빠졌다. 스칼렛은 명탐정 홈스가 바스커빌가 사건을 어떻게 맡게 되었는지를 떠올려 보았다. 이

야기는 누군가 놓고 간 지팡이에서 시작되었다.

"모티머 박사였지?"

똑같은 생각을 하고 있었는지 아서가 말했다.

"맞아. 지팡이를 단서로 삼아서 홈스와 왓슨이 이런저런 추리를 하지. 왓슨은 지팡이에 새겨진 'C.C.H의 친구들이'라는 글귀를 보고서, 수렵 단체가 지팡이의 주인에게 회원을 치료해 주었다고 감사하는 표시로 준 것이라고 추론했어. 또 지팡이 끝이 많이 닳은 것을 보고 왕진을 많이 다니는 시골의 늙은 의사라고 판단했고."

"하지만 홈스는 C.C.H가 채링 크로스 병원의 약자이고, 모티머가 시골에서 개업하기 위해 병원을 그만둘 때 선물로 받은 것이라고 보았지. 또 굳이 시골로 내려간 것을 볼 때 자리를 못 잡은 젊은 의사라고 추론했고 말이야."

아서는 씁쓸한 표정으로 말을 이었다.

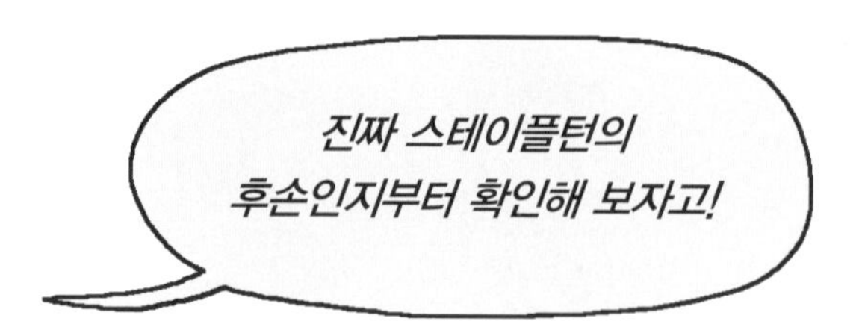

"누가 더 맞았든 간에 그분들은 추리력이 뛰어났지. 우리에게도 그런 추리력이 있다면 좋을 텐데."

"맞아. 그랬다면 의뢰인이 가지고 있는 물건에서 뭐라도 추론했을 텐데 말이야. 처음부터 끝까지 그에게 정신없이 끌려가고 만 꼴이 되었잖아."

이럴 수도 저럴 수도 없는 상황에 빠진 것 같아 둘은 착잡한 마음이 들었다. 이윽고 빈 파이프를 빽빽 빨아 대고 있던 아서가 말했다.

"일단, 그가 정말로 스테이플턴의 후손인지 확인해 보자고. 그것만 알아내도 사기꾼인지 아닌지는 알 수 있지 않을까?"

"그런데 어떻게 알아내지? 명함도 안 받았는데…."

스칼렛은 자신들의 대응이 너무나 엉성했다는 생각이 들어서 다시 한숨이 나왔다.

"미리 준비하지 않으면, 의뢰인에게 또 정신없이 끌려갈 텐데…."

그때 스칼렛은 손님이 가져온 책을 그냥 놓고 갔다는 것을 알아차렸

다. 그녀가 한숨을 쉬면서 책을 집으려 하자 아서가 소리쳤다.

"잠깐!"

스칼렛이 의아한 표정을 짓자, 아서는 허리를 굽혀 눈을 책 가까이 갖다 대고 살펴보았다. 그제야 스칼렛도 깨달았다.

"그렇지, 이 책은 표지가 코팅되어 있지!"

아서는 빙긋 웃었다.

"우리에게 추리력은 부족해도 보완할 수 있는 수단들이 있지. 바로 법의학이라는 과학 수사 기법!"

표지에는 선명하게 지문이 찍혀 있었다. 그들은 이 문제가 곧 해결될 것 같은 기분이 들었다. 홈스가 처음 모티머 박사를 만났을 때 그랬던 것처럼.

바스커빌가의 저주

"자, 본론으로 들어가는 것이 어떨까요? 어떤 문제로 오셨는지 설명해 주세요."

모티머 박사는 주머니에서 문서를 꺼냈다.

"이건 석 달 전에 갑자기 비극적인 죽음을 맞이한 찰스 바스커빌 경이 제게 맡긴 겁니다. 그 가문에 대대로 전해 오는 문서지요. 저는 그분의 친구이자 주치의였습니다. 경은 매사에 빈틈없고 현실적인 분이었지만, 이 문서에 적힌 내용을 심각하게 받아들였습니다. 여기에 적힌 저주가 자신에게도 찾아올 것이라고 예견했지요."

모티머 박사는 문서를 읽기 시작했다.

청교도 혁명이 일어나던 시대였다. 바스커빌 영지의 주인은 휴고 바스커빌이었다. 그는 잔인하고 지독한 망나니라고 널리 알려져 있었다. 어느 날 그는 영지 근처에 사는 한 자작농의 딸에게 눈독을 들였다. 행실이 바르다고 소문난 처녀는 휴고가 흉악한 인간임을 알았기에 그를 피하곤 했다.

참다못한 휴고는 어느 날 처녀의 아버지와 오빠들이 집을 비운 틈을 타서, 동네 건달 대여섯 명을 데리고 가서 처녀를 납치했다. 그들은 처녀를 바스커빌 저택으로 끌고 와서 2층에 가둔 뒤에, 신나게 술판을 벌였다.

처녀는 아래층에서 노래와 욕설, 온갖 난장판이 벌어지는 소리를 들으면서 점점 겁에 질렸다. 그러다가 공포가 정점에 이르자 다른 두려움 따위는 잊고 말았다. 처녀는 남쪽 벽을 뒤덮은 담쟁이덩굴을 타고 내려가기 시작했다. 무사히 내려오자마자 처녀는 황무지 너머에 있는 자기 집을 향해 마구 뛰기 시작했다. 하지만 처녀의 집은 무려 14킬로미터나 떨어져 있었다.

얼마 뒤 먹을 것을 갖다 주겠다는 핑계로 휴고가 2층으로 올라갔다. 처녀가 사라진 것을 안 순간, 휴고는 극도의 분노에 사로잡혔다. 아래층으로 뛰어 내려간 그는 음식으로 가득한 식탁 위로 뛰어올랐다. 그는 오늘밤 처녀를 다시 붙잡기 위해서라면 악마에게 영혼이라도 팔겠다고 고래고래 소리를 질러 댔다.

그러자 술에 취해서였는지 아니면 더 악질적인 자라서 그랬는지 몰라도, 누군가 사냥개들을 풀어놓으라고 소리쳤다. 휴고는 밖으로 뛰쳐나가서 마부들에게 말에 안장을 얹으라고 소리쳤다. 또 사냥개들을 풀어놓고 처녀의 손수건을 던져 주라고 했다.

술에 취한 건달들은 잠시 의아해하다가 무슨 일이 벌어질지 알아차렸다. 그들은 총을 가져오라는 둥, 말을 가져오라는 둥, 술을 더 가져오라는 둥 야단법석을 떨었다. 이윽고 열세 명의 망나니들은 말을 타고서 앞서간 휴고를 뒤따랐다.

3킬로미터쯤 말을 달리던 그들은 양치기와 마주쳤다. 웬일인지 양치기는 겁에 질려 벌벌 떨고 있었다. 휴고를 보았냐고 묻자, 양치기는 그렇다고 하면서 휴고만 지나간 것이 아니라고 했다.

"무시무시한 사냥개 한 마리가 소리 없이 그 뒤를 쫓아가고 있었습지요."

술 취한 망나니들은 헛소리 말라고 양치기에게 욕을 퍼붓고 달려갔다. 하지만 그들은 곧 소름 끼치는 광경을 목격했다. 빈 안장만 있는 검은 말이 입에 하얀 거품을 물면서 마구 달려오더니 그들을 지나쳐 사라져 갔다. 그들은 가슴이 서늘해져서 서로 더 바짝 붙어서 달리기 시작했다. 혼자였다면 그냥 돌아갔을 것이다.

이윽고 휴고가 데리고 떠났던 사냥개들이 눈앞에 보였다. 사납기 그지없는 사냥개들이었는데, 어딘가 이상했다. 그들은 깊은 골짜기 앞에서 강아지처럼 낑낑거리고 있었다.

망나니들도 술기운이 좀 가시고 어느 정도 제정신을 차렸기에, 그 모습을 보고 주춤했다. 하지만 그중에서 용감한 세 명이 앞으로 나섰다.

그들은 말을 타고 골짜기 아래로 내려갔다. 내려가니 넓은 평지가 나타났고, 고대인들이 세운 거대한 선돌 두 개가 보였다.

곧이어 눈앞에 펼쳐진 광경에 세 망나니는 경악했다. 환한 달빛 아래 공터 한가운데에 처녀가 쓰러져 있었다. 이미 숨이 끊어진 듯했다. 그리고 그 옆에는 휴고 바스커빌의 시체가 놓여 있었다. 하지만 그들이 기겁한 것은 시체 때문이 아니었다. 무시무시하게 생긴 거대한 검은 짐승이 휴고의 몸뚱이를 밟고서 그의 목을 물어뜯고 있었던 것이다. 사냥개처럼 생기긴 했지만, 사냥개치고는 너무나 거대했다.

세 명은 겁에 질려서 꼼짝 못한 채 검은 짐승이 휴고의 목을 물어뜯는 모습을 지켜보았다. 그때 그 짐승이 고개를 돌렸다. 피로 얼룩진 커다란 이빨과 불길이 이는 눈이 그들을 향했다. 그들은 공포에 질려서 비명을 지르며 달아났다. 황무지에 끊임없이 비명이 울려 퍼졌다. 그중 한 명은 그날 밤에 죽었고, 나머지 두 명은 평생 폐인으로 지냈다고 한다.

"재미있는 이야기 아닙니까?"

읽기를 마친 모티머 박사가 묻자 홈스는 시큰둥해했다.

"저는 옛이야기 따위를 모으는 취미는 없습니다. 선생께서 좀 더 현실적인 문제를 들고 오신 줄 알았는데요?"

"물론입니다. 시급한 문제 때문에 온 겁니다. 다만, 그 일이 이 저주와 관련이 있다는 거지요."

모티머 박사는 주머니에서 접혀 있는 신문지를 꺼냈다.

"올해 찰스 경이 급사한 사건을 다룬 기사입니다."

최근 찰스 바스커빌 경이 갑작스럽게 사망한 사건으로 데번 주 전체가 술렁이고 있다. 유서 깊은 가문의 후손이자, 큰돈을 벌어 몰락한 집안을 다시 일으킨 그는 다음 선거의 유력한 후보로도 거론되어 왔다. 그는 슬하에 자녀가 없어서 재산을 지역 사회를 위해 쓸 것이라고 말해 왔기에, 지역 주민들은 그의 때 이른 죽음을 더욱 애도하고 있다.

찰스 경이 급사하자 주민들 사이에서는 전래되어 오던 저주 때문이라는 소문이 돌았다. 하지만 조사해 보니 타살이나 초자연적인 원인과는 무관한 것으로 드러났다. 바스커빌관의 집사와 가정부를 맡고 있는 배리모어 부부를 비롯한 주변 사람들과 친구들은 경이 심장이 나빴고, 호흡 곤란과 우울증에 시달려 왔다고 말했다. 친구이자 주치의인 모티머 박사도 같은 증언을 했다.

사건은 단순하다. 바스커빌관에는 죽 늘어선 주목 사이로 난 유명한 산책로가 있는데, 찰스 경은 자기 전에 늘 이 길을 산책하곤 했다. 5월 4일, 찰스 경은 집사에게 다음 날 런던에 갈 테니 짐을 싸 놓으라고 했다. 그날 밤, 찰스 경은 산책을 나갔다.

밤 열두 시에 집사는 현관문이 열려 있는 것을 보고 깜짝 놀라서 등불을 들고 주인을 찾아 나섰다. 유난히 습도가 높았기에 산책로에는 찰스 경의 발자국이 선명하게 찍혀 있었다. 산책로 중간쯤에 황무지로 통하는 쪽문이 있었는데, 찰스 경이 거기에서 한참 머문 흔적이 남아 있었다. 경의 발자국은 산책로를 따라 더 이어졌고, 산책로 끝에서 찰스 경의 시신이 발견되었다.

찰스 경의 시신에서 외상은 전혀 발견되지 않았다. 그런데 얼굴이 너무 심하게 일그러져 있어서, 모티머 박사는 처음에 찰스 경임을 알아보지 못했다고 한다. 하지만 심장 마비나 호흡 곤란으로 사망했을 때 그런 증상이 종종 나타난다고 한다. 부검 결과 고인이 만성 질환을 앓고 있음이 드러났기에 배심원단은 고인이 자연사했다고 판결을 내렸다.

알려진 바에 따르면, 상속자는 찰스 경의 동생이 낳은 아들인 헨리 바스커빌 경으로 현재 미국에 거주하고 있다고 한다.

기사를 다 읽은 모티머 박사는 신문을 다시 접어서 주머니에 넣었다.

"여기까지가 공식적으로 알려진 사실입니다."

그제야 홈스의 얼굴에 흥미롭다는 기색이 떠올랐다.

"사건에 흥미로운 요소들이 있군요. 그렇다면 이제 비공식적인 이야기를 해 주시겠습니까?"

모티머 박사는 흥분한 기색으로 말하기 시작했다.

"이 이야기는 아무한테도 한 적이 없습니다. 저도 과학자인데, 미신에 영합하는 태도를 취할 수 없으니까요. 저주 이야기가 떠도는 마을에 이 이야기까지 했다가는 선입견만 더 키울 것 같아서요. 하지만 홈스 선생님에게는 솔직히 말하겠습니다. 찰스 경은 가문에 내려오는 저주를 내심 심각하게 받아들이고 있었어요. 바스커빌가의 후손들은 섬뜩한 운명을 맞이할 것이라고 믿고 있었지요. 내게 밤에 왕진을 다니다가 혹시 괴물을 본 적이 있는지, 사냥개가 울부짖는 소리를 들은 적이 있는지 묻기도 했어요. 사냥개라는 말을 할 때면 목소리가 떨리기도 했고요.

그 사건이 일어나기 3주 전에 찰스 경을 찾아갔을 때의 일도 기억납니다. 찰스 경은 현관에 나와 있었어요. 그런데 내가 아니라 내 뒤쪽을 뚫어지게 쳐다보고 있었어요. 공포에 질린 표정을 한 채로요. 나는 뒤를 돌아보았어요. 저 위쪽에 검은 송아지가 한 마리 지나가고 있었지요. 송아지를 사냥개로 착각한 모양이었습니다.

나는 심장도 약한 찰스 경이 계속 그렇게 불안에 떨며 살다가는 큰일이 벌어질까 싶어서 그에게 런던으로 가라고 권했어요. 도시에서 바쁘게 생활하면 저주 따위에 신경 쓸 겨를이 없을 테니까요. 그런데 떠나기로 한 전날 밤에 바로 그 끔찍한 사건이 벌어진 겁니다.

밤에 집사가 마부를 보내어 비보를 전했어요. 나는 사건이 벌어진 지 한 시간 이내에 바스커빌관에 도착했어요. 발자국을 따라 산책로를 다니며 살펴보다가 황무지로 통하는 쪽문 앞에서 찰스 경이 서성거린 흔적을 찾아냈어요. 그리고 그다음부터 그의 발자국 모양이 달라진 것도 확인했지요. 또 길에는 찰스 경과 집사의 발자국만 있었어요.

나는 시신이 있는 곳까지 갔습니다. 시신에는 아직 아무도 손대지 않은 상태였어요. 찰스 경은 두 팔을 벌린 채 엎드린 자세였는데, 손톱이 땅에 박혀 있었어요. 그리고 안면 경련이 심하게 일어나서 알아볼 수 없을 만치 얼굴이 일그러져 있었어요. 외상은 전혀 없었고요. 여기까지 말한 것들은 신문에 나온 내용과 같지요.

하지만 신문에 실리지 않은 내용이 하나 있습니다. 나는 주변을 살피다가 시신에서 좀 떨어진 곳에 나 있는 발자국을 발견했어요. 아주 선명하게 찍혀 있었습니다. 남자 발자국도 여자 발자국도 아니었어요. 그것은 아주 커다란 개의 발자국이었습니다."

주입된 고정 관념이 사실을 바꾼다

"지문 검사 결과가 나왔어."

경찰서 앞 커피숍에서 레스트레이드 경위가 스칼렛에게 서류를 건네주며 말했다. 서류를 들여다본 스칼렛은 인상을 찌푸렸다.

"휴고 바스커빌이 맞네."

경위는 고개를 끄덕이면서 설명했다.

"코스타리카 출신이 맞아. 2개월 전에 영국에 들어왔고."

"하지만 국적은 영국이네?"

"그래. 코스타리카에 거주했을 뿐, 대대로 영국 국적을 갖고 있었어. 그런데 흥미로운 점이 하나 있어."

경위가 뜸을 들였다. 그는 왓슨의 책에 나온 바로 그 레스트레이드 경감의 후손이었다. 선조와 달리 쾌활하고 유머가 풍부한 사람이었다. 경위는 아서와 스칼렛의 조상이 자기 조상에게 많은 도움을 주었다는, 따지고 보면 이유 같지도 않은 이유를 들어서 아서와 스칼렛을 종종 도와

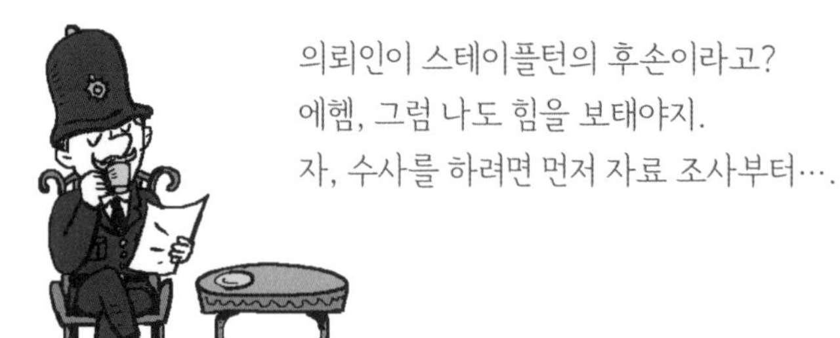

주곤 했다.

"뭔데 그래?"

"성을 바스커빌로 바꾼 게 6개월 전이라는 거야."

"그러면 사기꾼이라는 말이네?"

스칼렛이 묻자, 경위는 고개를 저었다.

"그렇게 단순하지가 않아. 개명하기 전의 이름이 뭔 줄 알아?"

"뭔데?"

"휴고 스테이플턴."

"뭐? 그러면 정말로 스테이플턴의 후손이란 말이야?"

스칼렛은 놀라서 소리쳤다. 옆 테이블에 앉아 있던 사람들이 쳐다보자 경위는 살짝 인상을 찌푸리면서 말했다.

"지금까지 알아낸 바로는 그래. 그런데 이게 중요한 거야?"

경위가 궁금해하자, 스칼렛은 사정을 설명했다.

"흠, 그렇다면 우리 증조부님과도 관련이 있는 이야기네. 그러면 나도 가만히 있을 수가 없지."

경위는 테이블을 톡톡 두드리면서 잠시 고심하는 표정을 지었다.

"아, 맞다. DNA! 그 지문으로 DNA 분석도 가능하다고 했어. DNA를 분석하면 진짜 후손인지 알 수 있을 거야."

"하지만 스테이플턴은 늪에 빠져 죽었는데?"

스칼렛이 반문하자, 경위는 고개를 저었다.

"바스커빌 가문 사람을 찾으면 돼. 친척이라면 DNA 패턴도 비슷하거든. 일단 데번 주로 가서 알아봐. 수사를 하려면 먼저 자료 조사를 해야지, 많든 적든. 그래야 뭔가 감을 잡을 수 있거든."

이틀 뒤, 아서는 데번 주로 향했다. 중국 단체 관광객이 오기로 해서, 스칼렛은 사무실을 지켜야 해서 혼자 나선 길이었다. 그림펜 늪지 개발

문제로 동네가 뒤숭숭한 듯 여기저기 찬성한다거나 반대한다는 현수막이 걸려 있었다.

아서는 택시를 타고 바스커빌가의 저택으로 향했다. 레스트레이드 경위가 그곳에 아직 헨리 바스커빌의 손녀가 살고 있다고 알려 주었기 때문이다. 나이가 아흔 살인 할머니였다. 사라 바스커빌은 나이에 비해 정정해 보였다. 피부 관리도 받고 있는 듯했다. 사라 할머니는 아서에게 홍차를 대접했다.

"명탐정 홈스의 기록을 모은다고?"

할머니가 물었다. 아서는 의뢰인 이야기는 숨기는 편이 낫겠다고 판단하여 과거의 기록을 모은다는 핑계를 댄 것이다.

"여기 상황을 보니 그림펜 늪이 사라질지 몰라서요. 혹시라도 개발이 되면 이 지역도 확연히 달라지겠지요. 그 전에 자료를 모아서 남겨 두는 편이 좋을 듯해서요."

"당연히 도와줘야지. 명탐정 홈스와 왓슨이 없었다면, 나도 아예 태어나지 못했을 테니까 말이지. 그렇지 않아도, 내가 죽으면 옛날 자료를 어떻게 할까 고민 중이었는데 잘되었네."

"왜요? 후손이…."

할머니는 한숨을 내쉬었다.

"아들이 하나 있었는데 사고로 세상을 떠났어. 손자가 한 명 있는데, 워낙 떠돌아다니기를 좋아해서. 해외여행을 갔는데 일 년이 넘도록 감감무소식이야. 내가 죽으면 아마 이 저택도 팔아 버리고 떠돌아다닐 게 분명해. 젊은 애가 시골에 처박혀 있으려 하지 않지."

아서는 할머니와 이런저런 이야기를 나누었다. 물론 책에 나온 사건 이야기도 하면서 혹시나 스테이플턴이 살아서 도망쳤을 가능성이 있는지 묻자 할머니는 고개를 저었다.

"불가능해. 그 늪이 얼마나 무서운 곳인데. 그러니까 지금도 없애자고

난리를 부리는 거잖아. 작년에도 젊은 애들 둘이 건널 수 있다면서, 무모한 짓을 저지르다가 빠져 죽었다지 아마."

할머니는 헨리 경에 관한 자료를 건네주었다. 당시 사건을 다룬 신문기사들도 있었고, 스테이플턴이 살던 집을 찍은 사진도 있었다.

"이 사진은…."

아서가 묻자 할머니는 힐끗 보고서 인상을 찌푸렸다.

"그 마녀지. 뻔뻔하게 스테이플턴 여동생 행세를 한. 자기는 아무것도 몰랐다고 우겨서 금방 풀려났지. 하지만 난 안 믿어. 생긴 걸 봐. 교활하고 표독하게 생겼잖아."

하지만 아서의 눈에는 그냥 아름다운 여성이었다. 그런 끔찍한 일에 가담했을 것처럼 보이지 않았지만, 물론 할머니에게 그 말을 하지는 않았다.

아서가 자료를 챙긴 뒤에도 미적거리고 있자, 할머니가 물었다.

“왜, 더 필요한 게 있어?”

아서는 그제야 망설이고 있던 말을 꺼냈다.

“혹시 DNA도 얻을 수 있을까요? DNA가 뭐냐면요.”

그러자 할머니가 말을 가로챘다.

“나도 알아. 내가 탐정 드라마를 얼마나 좋아하는데. 근데 뭐에 쓰려고?”

“아, 바스커빌 가문의 DNA를 조사한 자료도 함께 전시하면 좀 더….”

“그렇지! 전시물도 시대에 맞춰야지. 그럼 피를 뽑아 줄까? 아니지, DNA는 면봉이지?”

할머니는 신이 나서 드라마에서 본 대로 입을 벌렸다. 아서도 드라마에서 본 대로, 그리고 레스트레이드 경위가 가르쳐 준 대로, 할머니의 볼 안쪽을 면봉으로 조심스럽게 훑어서 세포를 채취했다. 아서가 떠나려고 하자 사라 할머니가 말했다.

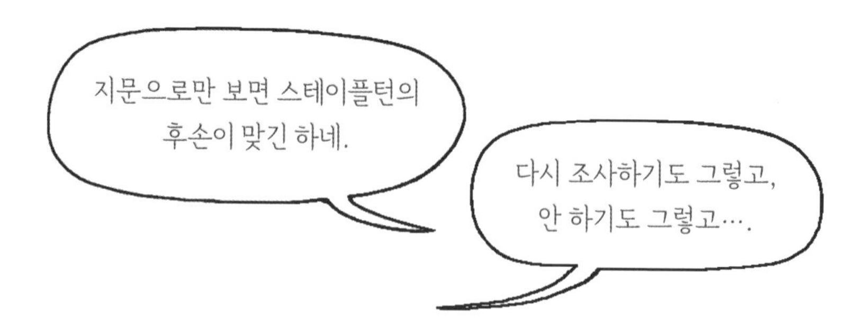

"필요한 게 있으면 또 와. 나이를 먹으면 이런 재미있는 일이 거의 없거든."

문이 닫히자 아서는 휴 하고 안도의 한숨을 내쉬었다. 선한 할머니를 속였다는 죄책감이 몰려왔다. 그는 탐정 일이 간단하지 않다는 것을 실감했다.

어느덧 의뢰인이 오기로 한 날이 다가왔다. 스칼렛과 아서는 지금까지 조사한 내용을 검토했다.

"DNA 분석 결과는 아직 안 나왔어. 지문 분석 결과만 놓고 보면 스테이플턴의 후손이라고 해야겠지."

아서가 말하자 스칼렛의 표정도 심각해졌다.

"어쩌지? 진퇴양난에 처한 꼴이 되었군. 의뢰를 받아들이기도 그렇고, 안 받아들이기도 그렇고…."

아서도 한숨을 내쉬었다.

“휴, 마치 우리가 저주에 걸린 것 같아.”

“저주라는 말은 어딘가 사람을 매혹시키는 구석이 있지요.”

목소리와 함께 누군가가 들어왔다.

“죄송합니다. 문을 두드렸는데 응답이 없어서 그냥 들어왔습니다.”

스칼렛이 입을 열려고 하자, 의뢰인이 말을 가로막았다.

“바스커빌가의 저주 이야기를 하던 중이셨나 봐요?”

스칼렛이 좀 애매한 표정으로 고개를 끄덕이자, 의뢰인은 안락의자에 털썩 앉으면서 말했다.

“전해 내려오는 저주와 갑작스러운 죽음. 정말로 딱 맞는 조합 아닙니까?”

의뢰인이 말하자, 스칼렛은 반박했다.

“하지만 찰스 경의 죽음을 저주와 연관 짓는 것은 무리가 있지요. 휴

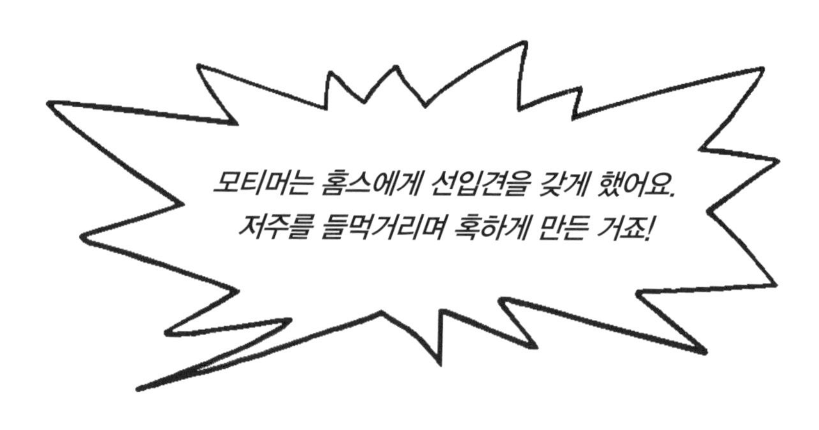

고는 악당이어서 저주를 받은 반면, 찰스 경은 선행을 베푼 훌륭한 인물이었으니까요."

"맞습니다. 제가 말하고자 하는 것도 바로 그 부분입니다. 부검의도, 신문 기사도, 명탐정 홈스도 저주는 미신에 불과할 뿐이라고 치부했지요. 저도 전적으로 동의합니다. 집안에 내려오는 저주 따위는 없습니다. 그저 유전적인 요인이 있을 뿐이지요. 물론 악행을 저지르게 하는 유전자가 있어서 대물림된다는 과학적 증거는 전혀 없지만요."

스칼렛은 의뢰인이 무슨 생각을 하는지 도무지 갈피를 잡기 어려웠다. 명탐정 홈스의 수사가 잘못되었다고 하면서 저주를 믿지 않았다고 칭찬하다니?

"하지만 그 저주가 중요하다고 생각하시는군요?"

아서가 묻자, 의뢰인은 고개를 끄덕였다.

"네, 홈스가 그 사건을 맡도록 계기를 제공했으니까요. 그리고 사건에

대한 선입견도 집어넣었지요. 모티머 박사는 과학자인 자신이 미신에 영합하는 태도를 취할 수 없다고 하면서도, 저주를 믿는 듯한 태도를 보였어요. 찰스 경의 죽음에 어떤 초자연적인 요인이 관여한 것이 아닐까 걱정하면서요. 같은 일이 유산 상속인인 헨리 바스커빌에게도 일어나지 않을까 두려워했어요. 그래서 홈스에게 조언을 얻기 위해 찾은 거고요. 그런데 사람들에게 선입견을 조장할까 걱정하는 사람이, 홈스에게 선입견을 불러일으킨 겁니다. 저주를 들먹거리면서 혹하게 만든 거죠."

그러자 스칼렛이 반박했다.

"따지고 보면, 모티머 박사는 자신이 보고 들은 것을 기준으로 판단한 거 아닙니까? 남들은 보지 못한 발자국을 보았으니까요."

"저주가 신경 쓰여서 살펴보았던 것 아니고요? 과학자라고 자칭했지만, 과학자로서의 기본이 안 되어 있는 사람이었지요. 관찰이란 편견 없이 이루어져야 해요. 그렇지 않으면 엉뚱한 것을 보고 엉뚱하게 해석하

게 돼요."

"그래도 개 발자국이 나 있었다는 것 자체를 부정할 수는 없지 않나요?"

아서가 반문하자 의뢰인은 고개를 절레절레 저었다.

"범죄 심리학 쪽으로 유명한 실험이 있습니다. 수사관이 어떤 사건의 목격자에게 이런 질문을 계속합니다. '그런데 현장에서 혹시 빨간 스포츠카가 지나가는 걸 못 보셨나요?' 목격자는 실제로 그런 차를 보지 못했어요. 하지만 그런 질문을 계속 받다 보면, 언뜻 본 것 같다는 생각이 점점 들게 되지요. 결국에는 이렇게 대답하지요. '네, 봤어요.' 주입된 고정 관념이 목격담까지 바꿀 수 있다는 겁니다."

아서와 스칼렛이 말문이 막히자 의뢰인은 목소리를 더 높였다.

"모티머 박사는 찰스 경에게 바스커빌가의 저주와 개 이야기를 듣고 또 들었지요. 또 동네 주민들의 목격담까지 늘 가슴에 담고 다녔고요. 과학적으로 확인된 그 어떤 짐승과도 다른, 바스커빌가의 저주에 나오

는 괴물 같은 그 거대한 짐승이 어둠 속에서 빛을 내뿜으면서 황무지를 돌아다닌다고요."

참다못한 스칼렛이 말을 가로막고 나섰다.

"하지만 모티머 박사가 홈스를 찾아온 것은 그런 초자연적인 현상이 정말로 사건과 관계가 있는지 의구심을 풀기 위해서였잖아요? 그러니까 그가 저주 이야기에 푹 빠져서 헛것까지 볼 정도는 아니었다고 생각해요."

아서도 덩달아 지원 사격을 했다.

"저도 한마디 하지요. 저주가 선입견을 주입했다는 말이 무슨 뜻입니까? 홈스는 분명히 말했지요. 초자연적인 설명을 원한다면 자신을 찾아올 필요가 없을 것이라고요. 또 저주라고 믿는다면, 상속자가 데번에 있든 런던에 있든 아무 상관이 없을 것이라고도 했지요. 악마가 지역을 따지냐고요. 홈스는 저주 같은 것에 전혀 관심이 없었습니다."

그러자 의뢰인은 한발 물러나는 기색이었다.

"물론 모티머 박사가 헛것을 봤다는 말은 아닙니다. 사람의 마음이 왜곡되기 쉽다는 거죠. 또 홈스가 저주에 혹했다는 말도 아닙니다. 제가 보기에 홈스는 사건과 저주가 이상하게도 맞아떨어지고 있다는 점에 흥미를 느낀 듯합니다. 저주로 해석할 수도 있고, 과학적으로 설명할 수도 있으니까 특이하다고 여긴 거죠. 모티머 박사가 바스커빌가의 저주 이야기를 아예 하지 않았다면 어떻게 되었을까요?"

"단순한 심장 마비 사고로 여겼을 것이라고요?"

스칼렛이 물었다.

"그랬겠지요."

선입견은 나쁜 것인가?

선입견은 어떤 대상에 대하여 이미 마음속에 가지고 있는 고정적인 관념이나 관점을 말한다. 새 학년이 될 때, 학교에서 무작위로 추첨을 해서 반을 편성한다고 하자. 며칠 지나지 않아도 학생들은 자기 반이 다른 반보다 낫다고 여기게 된다. 길에서 아무렇게나 사람을 모아서 두 편으로 나누어도 사람들은 자기편에 속한 이들이 더 낫다고 생각한다. 이런 실험들이 보여 주듯이, 사람은 자기가 속한 집단이 다른 집단보다 더 낫다고 여기는 고정 관념을 금방 갖게 된다. 반, 학교, 동네, 모임, 종교 집단, 민족, 국가 등도 마찬가지다. 아마 먼 훗날 우리보다 고도로 발달한 외계인이 와도, 우리는 그들보다 지구인이 더 낫다고 여길 것이다.

집단 편견뿐 아니라, 우리는 여러 방면에서 선입견을 갖고 있다. 험하게 생기고 지저분한 사람과 외모가 빼어나고 멋지게 차려입은 사람을 함께 보면, 자연스럽게 후자 쪽이 낫다고 여기는 것도 그렇다. 후자가 유명한 사기꾼임이 드러나도 그런 선입견은 쉽게 바뀌지 않는다. 사실 뛰어난 사기꾼, 연설가, 마술사 같은 이들은 우리의 그런 고정 관념을 아주 잘 이용하는 사람들이다.

선입견을 갖는 성향은 대개 타고나며, 살면서 더 강화되기도 한다. 경제 상황이 나빠지고 삶이 각박해지면, 나와 남을 편 가르고, 다른 집단에 속한 이들을 비하하고 싫어하는 태도가 더 심해지기도 한다. 극단적으로 가면 유대 인과 집시를 대량 학살한 나치처럼 광기로 치닫기도 한다.

이런 성향 때문에 우리는 남에게 잘 속고, 때로는 자기 자신을 속이기도 한다. 우리는 왜 그런 성향을 타고나는 것일까? 이유는 그런 성향이 인류의 생존에 도움을 주어 왔기 때문이다. 남보다 자신, 자기 집단이 더 낫다고 여길수록, 그만큼 자신감이 붙는다. 학생들에게 자기 반에서 자기 외모나 지도력 같은 자질이 몇 번째쯤 되냐고 물었더니,

7, 80퍼센트는 자신이 중간 이상이라고 답했다. 그런 선입견은 좋은 방향으로 기여할 수 있다.

따라서 이 성향이 나쁜 쪽으로 빠지지 않도록 늘 경계하는 한편, 그것을 자신에게 유익한 방향으로 활용하는 것이야말로 우리가 평생 지니고 살아가야 할 숙제다. 하지만 쉽지 않다. 누구나 살면서 수없이 남과 자기 자신에게 속곤 한다. 그러니 어떤 상황에서든 늘 자신을 객관적으로 바라보려는 노력을 꾸준히 하는 수밖에.

그런데 정말로 홈스가 저주 이야기에 선입견을 갖게 된 것일까? 아니면 의뢰인이 아서와 스칼렛에게 홈스가 틀렸다는 선입견을 불어넣은 것일까?

헨리 바스커빌 경과 사라진 단서

홈스는 모티머 박사를 보낸 뒤, 으레 하듯이 몇 시간 동안 혼자 생각에 잠겼다. 이윽고 왓슨이 돌아오자 홈스가 말했다.

"정말 특이한 사건이야. 몇 가지 눈에 띄는 점이 있어. 한 예로 찰스 경의 발자국 모양이 도중에 바뀌었다는 점이 그래. 왓슨, 그 점을 어떻게 생각하나?"

"모티머 박사는 찰스 경이 산책로 중간부터 발꿈치를 들고 걸었다고 생각했지."

"그건 누군가가 조사관에게 한 말을 그냥 옮긴 것에 불과해. 멀쩡히 걷다가 중간에 발꿈치를 들고 산책로를 걸을 이유가 어디 있나?"

"그러면 왜 그런 걸까?"

"뛴 거야, 왓슨. 살기 위해서 필사적으로 뛴 거지. 그 때문에 가뜩이나 약한 심장이 마구 뛰다가 결국 멈추는 바람에 쓰러져 죽은 거야."

"뭐에 쫓긴 건데?"

"바로 그게 문제야. 어쨌든 찰스 경은 극심한 공포에 사로잡혔던 게 분명해. 황무지 쪽에서 뭔가 나타났을 거야. 그 순간 찰스 경은 공포에 질려서 마구 달리기 시작한 거지. 저도 모르게 집과 반대 방향으로 말이야. 집 쪽으로 뛰었다면 상황이 달라졌을지도 모르지. 그게 무엇이었을까? 전설 속의 무시무시한 사냥개? 아니 모티머 박사가 발자국을 보았다고 했으니까 실제로 있는 커다란 짐승이 아니었을까? 그 문제도 흥미롭긴 하지만, 의문 나는 점이 하나 더 있네."

"뭔가?"

"찰스 경은 황무지로 통하는 쪽문 앞에 서 있었어. 발자국과 담배꽁초로 판단할 때 5분이나 10분쯤 있었겠지. 그것은 누구를 기다리고 있었다는 뜻이네. 그 한밤중에 과연 그곳에서 누구를 기다리고 있던 것일까? 왜 집에서 만나지 않고 그곳까지 간 것일까?"

"누굴 만나러 나간 것이라고? 찰스 경이 밤마다 산책한다고 하지 않았나?"

"하지만 매일 밤 쪽문 앞에서 누굴 기다렸을 리는 없지 않나? 오히려 경이 황무지에 가까이 가기를 꺼렸다는 증거가 더 많아. 그날 밤 경은 그곳에서 누구를 기다렸어. 런던으로 떠나기 전날 밤에. 이제야 가닥이 잡히는군."

다음 날 아침, 모티머 박사가 젊은 귀족과 함께 사무실로 들어섰다.

헨리 경은 서른 살쯤으로 보였고 다부진 체격이었다. 그는 모티머 박사가 오자고 하지 않았다면, 스스로 홈스를 찾아왔을 것이라고 말했다.

"오늘 아침에 내 머리로는 도저히 이해할 수 없는 일이 벌어졌거든요."

"런던에 도착한 뒤에 이상한 일을 겪었다는 뜻인가요?"

홈스가 묻자, 헨리 경은 별일도 아닌데 괜히 호들갑을 떠는 것은 아닌가 하는 투로 말했다.

"내가 보기에는 장난 같습니다. 이 편지를 봐 주십시오. 편지라고 할 수 있을지도 모르겠지만요. 오늘 아침에 배달된 겁니다."

흔한 회색 봉투에 조잡한 필체로 '노섬벌랜드 호텔, 헨리 바스커빌 경'이라고 적혀 있었고, '채링 크로스' 우체국 소인이 찍혀 있었다. 소인의 날짜를 보니 어제 저녁이었다.

"경이 그 호텔에 묵는다는 것을 누가 알고 있습니까?"

홈스가 날카로운 눈으로 쳐다보면서 물었다.

"아무도요. 모티머 박사를 만난 뒤에 정했으니까요."

모티머 박사는 자신은 친구 집에서 묵고 있으며, 헨리 경이 그 호텔에 묵는다는 이야기를 아무에게도 한 적이 없다고 말했다.

"흠. 누군가 경을 감시하는 모양이군요."

홈스는 편지를 꺼내어 탁자 위에 펼쳤다. 손으로 적은 글씨가 아니라, 인쇄된 단어들을 대강 오려서 이어 붙여 만든 문장이 하나 보였다.

자신의 삶과 이성을 가치있게 생각한다면
황무지에 접근하지 말 것.

'황무지'라는 단어만 잉크로 쓰여 있었다. 헨리 경은 도무지 무슨 뜻인지 모르겠다고 투덜거렸다.

"대체 누가 내게 이렇게 관심을 보이는 걸까요?"

홈스는 편지를 자세히 살펴보았다.

"종이는 아무 특징도 없어. 보통 흰 종이일 뿐이야. 하지만 주소를 쓴 부분을 보면, 펜과 잉크가 말썽을 일으킨 흔적이 있어. 잉크가 튀긴 흔적도 있고, 짧은 주소를 쓰는 데 세 번이나 다시 잉크를 찍었어. 집에서 썼다면 이런 일이 없지. 이건 호텔에 비치된 펜과 잉크로 쓴 거야. 그리고 내가 신문의 활자체를 잘 아는데, 이 글자들은 부자들이 보는 신문인 『타임스』에서 오려낸 거지. 그런데 헨리 경, 런던에 와서 다른 재미있는 일은 없었나요?"

"글쎄요. 그다지 특별한 일은 없었던 것 같습니다."

"뒤를 따라다니거나 지켜보는 사람은요?"

"허허, 내가 탐정 소설의 주인공처럼 느껴지네요. 하지만 그럴 사람이 누가 있겠어요?"

헨리 경에게서 별 다른 대답이 나오지 않자, 홈스는 일상적으로 접하는 일이 아니라고 생각하는 것은 다 이야기해 보라고 했다. 그러자 헨리 경은 구두 한 짝을 잃어버린 일을 떠올렸다.

"뭐, 어딘가에서 나오겠지요. 어젯밤에 방문 앞에 구두 한 켤레를 내놓았거든요. 어제 산 새 구두였어요. 구두닦이한테 광을 좀 내 달라고 하려던 거였어요. 그런데 아침에 보니 한 짝만 있더군요. 구두닦이에게 물었더니 자신도 모르겠다고 하더군요. 나 참, 신어 보지도 못한 채 잃어버린 거죠."

"한 짝만 훔쳐 가서는 아무 소용이 없을 텐데요?"

"글쎄 말입니다. 자, 제가 겪은 일들을 시시콜콜 다 말씀드렸어요. 그런데 대체 왜 이러는 겁니까?"

모티머 박사는 바스커빌가의 저주 문서를 꺼내어 읽기 시작했다. 그리고 자초지종을 설명했다.

"휴, 복수와 유산을 함께 상속 받은 모양이네요. 그렇다면 이 편지는 경고해 주는 것이 아니라, 나를 쫓아내려는 것이 아닐까요?"

헨리 경이 말하자 홈스가 나섰다.

"그런 추측도 가능하죠. 상황이 점점 흥미진진해지는군요. 하지만 헨리 경, 먼저 바스커빌관으로 가는 것이 과연 좋은지 여부를 판단해야 합니다. 위험할지도 모르니까요."

"거기에 악귀가 기다리든 악당이 기다리든 간에, 나는 마음을 정했습니다. 가기로요. 그런데 여러 가지 이야기를 한꺼번에 들으니 도무지 정리가 안 되네요. 호텔로 돌아가서 혼자 충분히 생각할 시간이 필요할 것 같습니다. 지금이 열한 시 반이군요. 홈스 선생님, 두 시에 호텔로 와 주시겠습니까? 그때쯤이면 생각이 정리될 듯합니다."

"그러지요. 마차를 불러 드릴까요?"

"아닙니다. 좀 걷는 편이 낫겠어요."

손님들이 계단을 내려가서 현관문을 닫는 소리가 나자마자 홈스는 돌변했다.

"왓슨, 모자하고 신발 챙기게! 어서, 꾸물댈 시간이 없네!"

자기 방으로 달려간 홈스는 순식간에 코트로 갈아입고 나왔다. 두 사람은 뛰다시피 계단을 내려와서 거리로 나갔다. 헨리 경과 모티머 박사가 200미터쯤 앞에서 걸어가는 모습이 보였다. 홈스와 왓슨은 걸음을 빨리해서 거리를 절반으로 줄인 뒤 천천히 두 사람의 뒤를 따라갔다. 홈스는 두 사람이 걸음을 멈추고 상점 진열장을 들여다보면 똑같이 따라 했다.

그러다가 마침내 홈스는 자그맣게 기쁨의 탄성을 내질렀다. 홈스의 시선은 길 건너편에 있는 이륜마차를 향해 있었다. 잠시 서 있던 마차는 천천히 움직이기 시작했는데, 안에 탄 남자의 모습이 언뜻 보였다.

"저자야, 왓슨! 얼른 따라가 보세. 적어도 얼굴은 똑똑히 알아볼 수 있겠지."

그때 마차의 옆 창문으로 수북한 검은 턱수염이 언뜻 보이면서 날카로운 시선이 느껴졌다. 곧이어 마차의 지붕 창문이 벌컥 열리면서 고함이 터져 나왔다. 그 순간 마차는 미친 듯이 달리기 시작했다. 홈스는 빈 마차를 찾아서 주변을 둘러보았지만 보이지 않았다. 그는 뛰어서 추격하려 했지만, 마차는 다른 마차들 사이에 섞여서 어느새 사라지고 없었다.

잠시 뒤 홈스는 숨을 헐떡이며 마차들 사이를 빠져나왔다.

"이번에는 너무 서툴렀어. 왓슨, 이 실패담도 정직하게 꼭 적어 두기를 바라네."

"누구였을까?"

"전혀 모르겠어. 아무튼 헨리 경은 런던에 도착한 직후부터 계속 미행당한 것이 분명해. 그랬으니까 그 호텔에 투숙한 것을 빨리 알아차릴 수 있었겠지. 나는 그들이 계속 미행할 것이라고 짐작했어. 그래서 그 둘이 떠나자마자 뒤를 쫓았지. 나는 미행자도 걸어갈 것이라고 생각했어. 하지만 우리 상대는 영리했어. 교활하게도 마차를 이용한 거야. 슬슬 뒤쫓아 가다가 들키면 재빨리 달아날 수 있도록 말이야. 하지만 거기에는 안 좋은 점도 있지."

"그래, 마부에게도 눈이 있다는 거지. 이런, 마차 번호를 봐 둘걸."

"걱정 마. 내가 이번에 좀 서툴긴 했어도 번호까지 놓쳤을 리는 없지. 하지만 지금 당장은 아무 쓸모도 없을 거야. 혹시 마차에 탄 사람의 얼굴을 기억하나?"

"아니, 수염만 생각나는걸."

"수염은 가짜일 거야."

홈스는 심부름센터로 향했다. 그리고 일머리를 잘 파악하는 아이를 한 명 불러서, 호텔을 돌아다니면서 오려 낸 자국이 있는 『타임스』 신문을 찾아보라고 했다. 찾아낼 가능성은 희박했지만 그래도 조사는 해야 했으니까. 또 확인한 번호의 마차를 빌린 사람이 누구인지 알아내기 위해 마차 등기소에 전보를 보냈다. 그리고 배리모어 집사가 바스커빌관에 있는지 확인하기 위해 그쪽으로도 전보를 보냈다. 그런 다음 헨리 경을 만나러 왓슨과 함께 호텔로 향했다.

헨리 경은 낡은 구두 한 짝을 든 채 화를 내고 있었다.

"이 호텔이 나를 바보 멍청이로 아는 모양입니다. 아침에는 새 구두를 잃어버렸는데, 이번에는 헌 구두 한 짝이 사라졌어요. 이런 해괴한 일은 내 평생 처음입니다. 홈스 선생은 어떻게 생각하시나요?"

"흠, 아직 잘 모르겠습니다. 대단히 복잡한 사건이네요. 아무튼 저는 몇 가닥의 실을 손에 쥐었습니다. 그중 어느 가닥이 우리를 진실로 이끌 수 있을 겁니다."

헨리 경은 영지로 내려가기로 마음을 굳혔다고 홈스에게 말했다. 그러자 홈스는 말했다.

"저도 동감입니다만, 무슨 일이 있어도 혼자 가서는 안 됩니다."

"모티머 박사님과 함께 가겠습니다."

"모티머 박사님은 따로 집과 일이 있으니까, 늘 함께 있지 못하지요. 늘 곁에서 지켜 줄 믿을 만한 사람이 필요합니다. 사정상 저는 함께 못 갑니다. 대신 왓슨 박사는 어떻습니까? 곤경에 처했을 때 정말로 믿을 만한 인물입니다."

왓슨이 깜짝 놀라서 미처 어떻게 말할지 생각도 하기 전에, 헨리 경이 왓슨의 손을 덥석 잡았다.

"왓슨 박사님, 그렇게 해 주시면 정말 감사하겠습니다. 와서 도와주신다면 은혜를 잊지 않겠습니다."

모험을 좋아할 뿐 아니라, 홈스와 헨리 경에게 좋은 말까지 들은 왓슨은 우쭐해졌다.

"기꺼이 동행하지요."

홈스는 가서 상황을 자신에게 보고해 달라고 했다.

집으로 돌아온 홈스는 전보를 받았다. 오려 낸 자국이 있는 『타임스』를 찾지 못했다는 내용이었다. 집사도 바스커빌관에 있다고 했다.

"그래도 아직 마차라는 실이 남아 있어."

잠시 뒤 우락부락하게 생긴 남자가 찾아왔다. 바로 그 마차를 몰던 마부였다.

"뭘 알고 싶으신 건지요?"

"자네가 오늘 태운 손님이 누구인지 말해 주게."

"그 신사 분은 자기가 탐정이라고 했어요. 셜록 홈스라고 하던데요?"

홈스는 그 말을 듣고 멍한 표정을 지었다. 그러더니 미친 듯이 웃기 시작했다.

"이런 당했군, 깨끗이 당했어! 상대가 나만큼 훌륭한 솜씨를 지닌 모양이네."

마부가 떠나자, 홈스는 슬픈 표정으로 말했다.

"실이 다 끊겼어. 다시 원점으로 돌아왔어. 교활한 놈이야! 우리는 호적수를 만난 거야. 왓슨, 제발 무사히 돌아오길 바라네."

아는 것에 비추어서 모르는 것을 생각한다

"아서, 이 미행과 헨리 경에게 일어난 이상한 일들이야말로 찰스 경의 죽음이 그냥 사고가 아니고 상속 문제와 관련이 있다는 확실한 증거가 아닐까?"

스칼렛이 묻자 아서는 고개를 끄덕였다.

"아니, 꼭 그렇다고는 할 수 없지."

마침 사무실에 들러서 차를 마시던 레스트레이드 경위가 말했다.

"무슨 뜻이야?"

스칼렛이 묻자 경위는 좀 한심하다는 표정으로 스칼렛과 아서를 쳐다보았다.

"흠. 아무래도 기본적인 것부터 배워야 하겠어. 좋아! 우리 조상님께서 도움을 많이 받았으니, 내가 좀 도와주기로 하지. 셜록 홈스께서 잘 하신 게 뭐지? 바로 추리야. 추리가 뭔지 알아?"

"어, 추, 추리가 추리지 뭐…. 범죄 단서들을 끼워 맞춰서 범인을 찾아

내는 거."

스칼렛이 눈을 껌벅이면서 얼버무리자 경위는 노골적으로 한숨을 내쉬었다.

"그럼 셜록 홈스가 어떤 추리를 썼는지도 알겠네?"

"당연히 알지. 연역 추리야! 홈스는 자신이 연역 추리를 한다고 말했거든!"

스칼렛이 대답하자, 경위는 쯧쯧 하면서 고개를 저었다.

"천만에. 홈스는 사실 연역 추리가 뭔지 귀납 추리가 뭔지 잘 몰랐어. 아니 신경도 안 썼다고 해야겠지. 홈스는 철저한 실용주의자였어. 말로는 연역 추리를 한다고 했지만 필요하면 온갖 추리 방식을 다 갖다 썼으니까."

이야기가 너무 어려워지는 듯하자, 스칼렛과 아서는 서로를 쳐다보면서 슬쩍 눈짓을 주고받았다. 결국 스칼렛이 나서서 말을 돌렸다.

"그런데 이 이야기가 미행이 확실한 증거가 될 수 없다는 것과 무슨 관계가 있다는 거야?"

그러자 경위가 들고 있던 찻잔이 부르르 떨렸다. 아서와 스칼렛은 찔끔하는 척했다.

"너희가 너무 무식하니까, 기초부터 설명하려는 거잖아! 에잇, 아예 처음부터 말할 테니까, 잘 들어! 홈스는 이상적인 탐정이 되는 데 필요한 세 가지 자질이 있다고 했어. 바로 관찰력, 추리력, 배경지식이지. 지금 너희는 그 세 가지가 다 부족해. 게다가 노력도 안 하지."

"노력은 하고 있는데…."

스칼렛이 중얼거리다가 재빨리 손으로 입을 막았다.

"홈스에게 관찰은 제2의 천성이었어. 어느 순간에도 남들이 보지 못하는 것을 보잖아. 홈스의 수사 사건들을 봐. 신발에 묻은 진흙, 지팡이의 닳은 흔적, 밤에 짖지 않은 개 등등 뛰어난 관찰력이 엿보이는 장면

들이 많잖아. 그게 다 타고난 거라고 생각해?"

"꾸준히 훈련을 한 거지."

아서가 기어드는 소리로 말했다.

"맞아, 홈스는 범죄 현장과 관련된 장소를 찾아다니면서 관찰을 했어. 그리고 의뢰인이나 용의자를 만나서 이야기를 듣고 대화를 하면서도 관찰을 했지, 주의 깊게 말이야. 그렇게 해서 자료를 모으는 거야. 그래야 제대로 된 추리를 할 수 있지. 알겠어? 먼저 관찰을 잘해야 해. 에잇! 이야기를 할수록 속 터지네. 둘이서 잘해 보라고!"

경위는 문을 벌컥 열고는 나가 버렸다. 스칼렛은 코를 찡그리면서 투덜거렸다.

"돌아갈 시간이 되면 꼭 저렇게 뭔가 화난 척, 있는 척을 하면서 간다니까. 그런데 열 받네! 아, 그 이야기가 사건과 무슨 관련이 있는 건지는 입도 뻥끗 안 한 거잖아?"

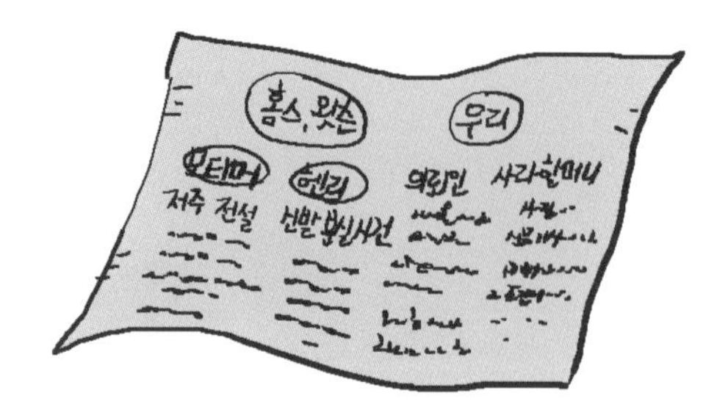

"휴, 우리끼리 잘해 보라잖아. 자기 할 말은 다 했다는 거지. 관찰력이라…. 음, 먼저 우리가 갖고 있는 자료부터 더 살펴보라는 소리 같은데?"

아서는 잠시 골똘히 생각하다가 커다란 종이를 들고 와서 탁자에 펼쳤다. 그리고 한쪽에 홈스와 왓슨이라고 적고서 동그라미를 치더니 반대쪽에는 우리라고 적고서 마찬가지로 동그라미를 쳤다.

"이쪽은 홈스와 왓슨이 관찰한 것, 직접 본 것과 모티머 박사와 헨리 경에게 들은 것이 속하겠지. 그리고 이쪽은 우리가 관찰한 것이 들어갈 거고."

스칼렛도 연필을 들더니 홈스와 왓슨의 동그라미 아래 모티머와 헨리라고 적고서 각각 동그라미를 쳤다.

"저주 전설은 모티머 쪽이고, 신발 분실 사건과 경고 편지는 헨리 쪽이지."

"의뢰인에 관한 사항은 여기, 사라 할머니 이야기는 이쪽."

둘은 서로 기억을 맞추어 보면서 하나씩 적어 나갔다. 종이가 빼곡할 정도로 적은 뒤, 둘은 가만히 쳐다보았다. 잠시 뒤 아서가 기운 없이 내뱉었다.

"아무래도 난 관찰력이 빵점인가 봐. 헷갈리기만 하네."

"나도 그래. 어쨌든 이렇게 보니 의뢰인이 어떻게 생각할지는 짐작할 수 있을 것 같아. 상속자인 헨리 경에게 일어난 이상한 일들이 찰스 경의 죽음과 상관이 없다고 하겠지."

"그렇겠지? 관련된 증거들을 다른 쪽으로 해석하려고 할 테니까. 신발 분실은 장난이고, 편지는 아메리카 대륙에서 따라온 누군가가 보냈을 수도 있다고 할 거야."

"하지만 홈스는 반대로 생각했어. 찰스 경의 죽음과 관련이 있는 누군가가 있다, 그 누군가는 헨리 경도 주시하고 있었다, 그래서 헨리 경이 런던에 오자마자 감시와 미행을 했다, 그리고 헨리 경을 상대로 이상한 일을 저질렀다, 맞지?"

아서는 저도 모르게 고개를 끄덕였다. 이렇게 주고받다 보니까 왠지 정리가 되는 듯했다.

"찰스 경의 죽음이 사고가 아니라면, 찰스 경과 헨리 경을 잇는 고리는 뻔해. 바로 유산이지. 따라서 틀림없이 홈스는 죽음과 미행 양쪽에 관련이 있는 자가 유산을 노리고 그런 짓을 저질렀을 것이라고 추리했을 거야."

"하지만 찰스 경의 죽음이 사고사라고 하면, 그저 우연한 일에 불과해지지. 다른 증거도 그런 식의 해석이 가능해지겠구나."

"누군가 호기심이 동해서 모티머 박사를 따라왔을 수도 있고. 박사가 상속인을 마중하러 간다고 했을 테니까."

"그런 해석도 가능하겠네. 그러면 경고 편지는?"

아서는 홈스와 왓슨 쪽에 적힌 내용을 들여다보았다.

홈스 말을 들으면 그게 옳고,
의뢰인 말을 들으면 그것도 맞는 거 같고.
증거가 확실해야지, 이거야 원….

"나중에 홈스는 스테이플턴 부인이 편지를 보냈을 거라고 추리했어. 미행자는 스테이플턴이라고 보았고. 함께 온 부인이 남편이 안 좋은 음모를 꾸미고 있다는 것을 알아차리고, 영지에 오지 말라고 경고한 것이라고 추론했지."

"하지만 미행자가 스테이플턴이고, 부인이 경고 편지를 보냈다는 직접적인 증거는 없었어. 우리 의뢰인은 지역 사회의 누군가가 보냈을 수도 있다고 하겠지. 지역 주민이 볼 때 헨리 경은 영국도 아니고 아메리카에 사는 이방인에 불과했을 거야. 경이 상속을 포기하고 그냥 돌아가면, 먼 사촌인 나이 든 목사님이 영지를 물려받을 것이고 지역 사회에 아무런 평지풍파도 일어나지 않을 것이라고 생각했겠지. 그러니 정말로 상속을 포기하라는 의도로 보낸 것일 수도 있어."

"증거가 빈약하면 다양한 해석이 나올 수 있다는 거군."

아서가 인상을 찌푸리면서 말했다.

“새 구두 한 짝이 사라진 일도 여러 해석이 가능할 거야. 헨리 경의 말마따나 장난이었을 수도 있지. 실제로 호텔방 구석에서 다시 발견되었잖아?”

“하지만 연달아 낡은 구두가 사라진 것을 볼 때, 홈스의 추리처럼 둘이 연관된 사건이라고 보는 쪽이 타당해. 나중에 홈스는 구두를 개와 연관 지었어. 개에게 헨리 경의 냄새를 맡도록 하기 위해 구두를 가져갔다는 거였지. 처음에 가져간 구두가 신지 않은 새 구두인 줄 알아차리고, 그것을 갖다 놓고 대신 헌 구두를 가져갔다고 추리했어.”

“하지만 누군가가 사악한 의도로 구두를 가져갈 생각이었다면, 당연히 완전 범죄를 꿈꾸었을 거야. 한 짝이 아니라 두 짝 다 가져갔겠지. 오히려 그 편이 의심을 덜 살 테고. 그러면 헨리 경은 그냥 도둑맞았구나 생각했을 테니까.”

스칼렛은 졌다는 투로 두 손을 들었다.

"놀라워. 같은 단서를 정반대로 엮을 수 있다니!"

"단서는 추리의 실마리에 불과하다는 것을 알겠어. 그것들을 이렇게 엮을 수도 있고 저렇게 엮을 수도 있다는 것도."

"홈스가 정말 명탐정이었구나 하는 생각이 새삼 드네. 이런 빈약한 단서들을 갖고 놀라운 추리를 하니까 말이야."

"그래서 왓슨이 썼잖아. '내가 본 가장 완벽한 추리와 관찰의 기계'라고 말이야."

"홈스가 '나는 두뇌야, 왓슨. 나의 나머지 부분은 사족에 불과해.'라는 말도 했어."

피식 웃다가 스칼렛이 말했다.

"아무튼 이렇게 나열해 놓고 보니, 우리에게 부족한 부분들이 무엇인지 좀 알겠어. 일단 관찰을 더 해야겠어."

"수수께끼의 전모를 파악하는 데 필요한 것들…. 맞아, 그렇게 생각하니 우리가 부족했어. 의뢰인을 대할 때도 우리는 의뢰인의 말에 반박할 생각만 했어. 홈스처럼 의뢰인의 말을 집중해서 들으면서, 꼼꼼하게 관찰을 했어야 하는데 말이야."

스칼렛의 말에 아서도 반성하는 투로 말했다.

"나도 그래. 사라 할머니를 만났을 때, DNA 표본을 채집해야 한다는 생각에만 골몰하느라 자세한 이야기를 들으려 하지 않았어. 할머니는 이야기를 하고 싶어서 안달하셨는데 말이야. 어쩌면 그런 이야기 속에 우리가 몰랐던 단서가 있을지도 모르는데."

둘은 잠시 침묵에 빠져들었다.

"이거, 경위한테 고맙다고 말해야 하는 거야?"

아서의 말에 스칼렛은 싱거운 웃음을 지었다.

"나중에 꼭 물어볼 거야. 너도 홈스처럼 할 수 있냐고."

"좋은 생각인데?"

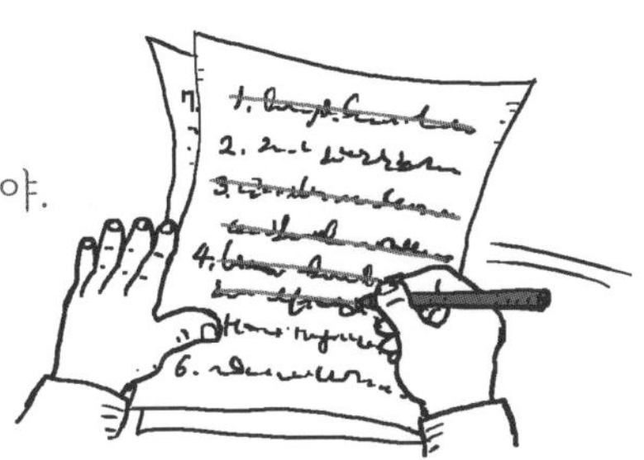

이제 홈스처럼 온갖 가설을 세우고
증거를 대입해서 하나씩 확인해 보는 거야.
이건 아니야, 이것도 아니야….

낄낄 웃다가 아서가 말했다.

"아마 대답하지는 않고 주저리주저리 떠들겠지. 아무튼 경위 말대로, 홈스가 오랜 연구와 수사 경험을 통해 관찰력과 추리력을 계발한 것은 틀림없지. 경력이 쌓이면 어떤 단서들이 어떻게 연결될지를 더 쉽게 파악할 수 있지 않을까?"

"그렇게 말하니까 꼭 사이비 종교인의 주장처럼 들리기도 하네. 그들은 한번 보기만 하면 한눈에 다 드러난다고 주장하잖아. 또 얼굴만 보아도, 눈빛만 보아도 범인인지 아닌지 안다고 주장하는 수사관들이 많잖아. 네가 무슨 죄를 저질렀는지 나는 뻔히 안다고 호통을 쳐 가면서 말이야."

"하지만 홈스는 결코 그렇게 하지 않았어. 성급하게 결론을 내리는 법이 없었지. 몇 시간씩 혼자 생각에 잠겨서, 온갖 가설들을 떠올리고 증거를 대입해서 하나씩 지워 가는 일을 했잖아. 그 점이 홈스의 특징이었지. 물론 수사를 오래 했기에, 얼굴과 태도에서 미묘한 단서를 포착할 수 있었겠지. 오랜 경력을 쌓은 수사관이라면 초조한 기색이나 땀, 안색, 불안한 시선 같은 것들을 포착하고 알게 모르게 머릿속에서 순식간에 사건을 종합할 수도 있겠지."

"홈스라면 그게 논리적이지 못하다고 했을 거야. 흠. 경위가 어떻게 하는지 물어볼 게 하나 더 생겼군."

스칼렛은 한숨을 내쉬었다.

"휴, 하면 할수록 어렵네. 아무튼 홈스가 안락의자에 앉아서 머리만 굴린 건 아니었지. 현장 조사도 중시했잖아. 그래서 왓슨을 헨리 경과 함께 영지가 있는 데번으로 가라고 보낸 거잖아? 직접적인 단서를 찾기 위해서 말이야."

연역 추리, 귀납 추리, 귀추 추리

추리는 아는 것에 비추어서 모르는 것을 생각하는 과정을 가리킨다. 대표적인 추리 방식은 두 종류가 있다. 연역 추리와 귀납 추리다.

연역 추리는 일반 원리를 전제로 삼아서 결론이 옳다는 것을 보여주는 방식이다. 삼단 논법이 바로 연역 추리의 하나이다.

모든 사람은 죽는다.

셜록 홈스는 사람이다.

따라서 셜록 홈스는 죽는다.

반면에 귀납 추리는 관찰을 통해서 일반 원리를 찾아내는 방식이다.

연역 추리는 수학에서 증명을 하는 데 널리 쓰인다. 한편 귀납 추리는 일상생활에 흔히 쓰인다.

개구리는 죽는다.

고양이도 죽는다.

따라서 모든 동물은 죽는다.

귀납 추리의 문제점은 결론이 확실히 옳다고 보장할 수가 없다는 것이다. 모든 동물이 죽는다는 결론을 내리려면, 모든 동물이 죽는지 다 지켜보아야 한다. 어느 한 동물을 1만 년을 지켜보았는데도 그 동물이 죽지 않았다면? 결론을 내리려면, 그 동물이 죽을 때까지 한없이 지켜보아야 한다.

연역 추리도 나름의 문제를 안고 있다. 추리 과정 자체로는 모순이 없다고 해도, 현실에 적용할 때 문제가 생길 수 있다. 위의 사례에서, 모든 사람이 죽는다는 전제가 과연 옳을까? 그 전제를 확인 없이 그냥 믿어야 하는 것일까?

셜록 홈스는 다양한 추리 방식을 필요할 때마다 갖다 썼다. 연역 추리보다는 귀납 추리를 더 많이 썼다. 하지만 그보다 더 많이 쓴 추리 방식이 있다. 바로 귀추 추리다. 귀추 추리는 몇 가지 단서만 보고서 번뜩 깨달음을 얻어서 결론을 내리는 방식이다. 사실 홈스는 직관과 논리적 사고를 결합한 이 추리를 주로 썼다고 봐야 한다.

『바스커빌가의 개』에 실린 추리의 사례도 하나 들어 보자.

모티머 박사가 '이제 우리는 본격적인 추리의 영역으로 들어서고 있군요.'라고 말하자, 홈스는 이렇게 대답한다.

"그보다는 여러 가능성을 견주어 보고 그중에서 가장 타당한 것을 선택하는 영역에 들어섰다고 할 수 있겠지요. 그건 상상력을 과학적으로 이용하는 일이지만, 우리에게는 추측의 출발점이 될 물질적인 토대가 늘 있기 마련입니다."

이것이 바로 귀납 추리이다. 귀납 추리 중에서도 관찰을 통해 이런저런 가설을 세운 뒤, 하나씩 제거하면서 일반화하는 방식이다.

바스커빌관과 스테이플턴 오누이

왓슨은 헨리 경, 모티머 박사와 함께 기차역으로 갔다. 홈스는 역까지 나와 배웅하면서 왓슨에게 지시 겸 충고를 했다.

"왓슨, 여러 가지 가설과 의혹을 마구 늘어놓아서 자네에게 선입견을 불어넣고 싶지는 않네. 자네가 최대한 객관적인 태도로 사실을 파악해서 보고해 주기를 바라네. 가설을 세우는 일은 내게 맡기라는 걸세."

"최선을 다하지."

일행은 작은 시골 역에 도착해서 마차로 갈아탔다. 그들은 섬뜩한 느낌을 주는 황무지를 지나 바스커빌관으로 향했다. 왠지 유령이 나올 것 같은 음침한 분위기였다. 배리모어 집사 부부가 그들을 맞이했다.

헨리 경과 저녁을 먹은 뒤, 왓슨은 방으로 향했다. 몸은 피곤했지만 쉬 잠이 오지 않아 뒤척거리고 있는데 무슨 소리가 들렸다. 그는 벌떡 일어났다. 집 안 어딘가에서 들려오는 소리가 분명했다. 하지만 그 소리는 곧 사라지고 말았다.

다음 날 아침 왓슨은 헨리 경에게 물었다.

"혹시 어젯밤에 여자 울음소리를 못 들으셨나요?"

헨리 경은 고개를 끄덕였다.

"흠, 저도 비몽사몽간에 그 소리를 들었습니다. 하지만 깨어나서 한참 귀를 기울였는데 아무 소리도 안 나더군요. 그래서 꿈을 꾼 줄로만 알았습니다."

"저는 똑똑히 들었습니다. 여자 울음소리가 확실해요."

"그럼 당장 알아보지요."

헨리 경은 벨을 눌러서 배리모어 집사를 불렀다. 경이 간밤의 울음소리를 설명해 달라고 하자, 가뜩이나 창백한 집사의 얼굴은 거의 핏기를 잃은 듯했다.

"주인님, 이 집에 여자는 둘뿐입니다. 한 명은 조리실의 하녀인데, 멀리 떨어진 방에서 잡니다. 또 한 명은 제 아내입니다. 하지만 아내는 결코 울지 않았습니다."

하지만 아침 식사 뒤 햇살이 가득한 복도에서 그의 아내와 마주쳤을 때, 왓슨은 집사가 거짓말을 했음을 알아차렸다. 바스커빌관의 가정부인 그의 아내는 아주 풍만한 몸매에 무뚝뚝한 표정을 하고 있었다. 그런데 눈이 빨갰고 퉁퉁 부어 있었다. 간밤에 한참 울었다는 뜻이었다. 남편이 그 사실을 몰랐을 리가 없을 텐데 왜 그런 거짓말을 했던 것일까?

아니, 그보다 중요한 점은 왜 울었느냐는 것이었다. 그녀는 무엇 때문에 그렇게 슬피 울었을까? 그렇게 생각하니, 집사가 몹시 어두운 분위기를 풍긴다는 점도 마음에 걸렸다. 찰스 경에게서 꽤 많은 유산을 물려받았고 곧 바스커빌관을 나가서 독립하겠다고 했으니, 몹시 즐거운 표정을 지어야 정상이 아니겠는가. 그런데 집사 부부는 왜 그렇게 우울한 기색일까?

생각해 보니, 찰스 경의 죽음을 둘러싼 정황은 모두 집사의 입에서 나온 이야기였다. 시신을 처음 발견한 것도 그였다. 혹시 런던에서 미행한 사람도 집사가 아니었을까? 집사도 검은 수염을 기르고 있었으니까 말이다.

왓슨은 그림펜의 우체국장을 만나 보기로 했다. 런던에서 보낸 전보가 집사에게 정말로 전달되었는지 확인할 필요가 있었다. 왓슨은 혼자 나서서 걸었다. 황무지를 따라 6킬로미터쯤 걷자, 작은 마을이 나왔다. 큰 건물이 두 채 있었는데, 하나는 모티머 박사의 집이었다. 식료품점도 운영하는 우체국장은 전보를 똑똑히 기억하고 있었다.

"배리모어 씨에게 정확히 전달했지요."

"누가 배달했습니까?"

"제 아들입니다. 제임스, 지난주에 바스커빌관의 배리모어 씨께 전보를 분명히 전달했지?"

"예."

"그가 직접 받았니?"

왓슨이 묻자 아들은 고개를 저었다.

"배리모어 씨는 마침 다락방에 올라가 있어서, 아주머니가 받았어요."

"배리모어 씨는 못 보았고?"

"다락방에 계셨으니까요."

"직접 못 봤는데, 다락방에 있는 줄 어떻게 알았지?"

왓슨이 계속 추궁하자, 우체국장이 퉁명스럽게 말했다.

"전보를 못 받았대요? 그러면 배리모어 씨께 직접 가서 따지세요."

왓슨은 발길을 돌렸다. 결국 배리모어 씨가 런던에 있었는지 여부는 확인이 불가능했다. 정말로 그가 미행한 것일까? 무엇 때문에? 배후에 누군가가 있는 것은 아닐까? 그렇게 해서 그에게 무슨 이익이 있지? 헨리 경이 오지 않으면, 바스커빌관은 집사 부부의 아늑한 안식처가 될 수 있기 때문에? 하지만 고작 그 일을 위해 그렇게 주도면밀한 계획을 세웠다고 보기에는 좀 무리가 있었다.

별 소득 없이 돌아오는데, 갑자기 뒤에서 누군가 달려오면서 부르는 소리가 들렸다. 모티머 박사겠거니 하고 돌아보니 전혀 모르는 사람이었다. 작은 키에 좀 마른 편이었는데 말끔히 면도한 얼굴에 턱이 뾰족했다. 나이는 삼십 대로 보였는데, 무표정한 모습이었다. 그는 회색 양복에 밀짚모자를 쓰고 있었고, 어깨에는 양철로 된 식물 표본 상자를 메고 있었다. 한 손에는 녹색 포충망을 든 채로.

"실례합니다. 왓슨 박사님이시지요?"

가까이 온 그는 숨을 헐떡이면서 물었다.

“여기 황무지 사람들은 격식 같은 걸 좀 따지지 않아서요. 누가 정식으로 소개하기를 기다리기보다는 직접 나서는 편이지요. 아마 모티머 박사님께서 제 이름을 말하셨을 텐데, 저는 메리피트관의 스테이플턴이라고 합니다.”

“포충망과 채집 상자만 봐도 알겠네요. 박물학자시라고 들었거든요. 그런데 저를 어떻게 알아보셨나요?”

“모티머 박사님을 만나고 있었거든요. 마침 왓슨 박사님이 창밖으로 지나가는 걸 모티머 박사님이 보고서 말해 주었어요. 우리 집도 가는 방향이 같으니까, 뒤따라가서 소개를 하자고 생각했지요.”

둘은 함께 걷기 시작했다.

“주민들은 찰스 경의 상속인이 여기에 와서 살지 않겠다고 할까 봐 걱정을 많이 했어요. 사실 부유한 상속자에게 이 시골에 와서 살라는 것이 무리한 요구이겠지요. 그래도 이곳 주민들에게는 그게 대단히 중요한 문제거든요. 혹시 헨리 경이 미신을 두려워하지는 않겠지요?”

“그렇지는 않을 겁니다.”

“다행이네요. 왓슨 박사님도 바스커빌가의 무시무시한 개에 관한 전설을 들어 보셨지요?”

왓슨은 고개를 끄덕였다.

“여기 농민들은 정말 미신적입니다. 하나같이 황무지에서 그런 짐승을 보았다고 말한다니까요. 찰스 경은 그 저주를 마음속에서 도저히 떨쳐 내지 못했지요. 저는 그분이 돌아가신 게 틀림없이 그 때문이라고 생각해요."

"왜요?"

"찰스 경은 신경이 몹시 쇠약해진 상태였어요. 심장병도 앓고 있었고요. 그런 분이 컴컴한 밤에 산책을 나갔다가 시꺼먼 개 같은 것과 마주쳤다고 해 봐요. 저는 경이 실제로 그런 짐승을 보았을지도 모른다고 생각해요."

"경이 개한테 쫓기다가 놀라서 사망했다고 보는 건가요?"

"그렇게밖에 설명할 수 없지 않겠어요?"

"글쎄요."

"홈스 선생은 어떻게 보고 계신가요?"

그 말에 왓슨은 깜짝 놀랐다. 스테이플턴은 차분하게 왓슨을 쳐다보면서, 다 알고 있다는 투로 말했다.

"모티머 박사님이 다 이야기해 주었어요. 왓슨 박사님이 쓴 수사 기록은 이 시골까지도 흘러들었지요. 박사님이 여기에 있다는 것은 당연히 홈스 선생이 이 일에 관심을 보이고 있다는 의미겠지요. 그래서 물은 겁니다."

왓슨은 대답하기 어렵다고 했다. 그러자 스테이플턴은 홈스가 여기에 내려올 예정이냐고 물었다.

"홈스는 지금 런던을 떠날 수가 없습니다. 맡은 사건이 한두 가지가 아니라서요."

"아쉽네요. 하지만 왓슨 박사님이 조사를 하실 테니까요. 혹시 제가 도울 일이 있으면 말씀해 주세요. 의심스러운 점이 있다거나 조언이 필요한 부분이 있으면 지금 당장 대답해 드리지요."

"분명히 말씀드리지만, 저는 친구인 헨리 경을 방문하러 왔을 뿐입니다. 그러니 말씀은 고맙지만 도움이 필요하지는 않습니다."

"호, 정말 신중하시네요. 제가 주제넘게 괜히 끼어든 것 같습니다. 다시는 그 문제를 입에 담지 않겠습니다."

황무지로 향하는 갈림길에서 스테이플턴이 말했다.

"이 황무지 길로 죽 가면 우리 집이 나옵니다. 한 시간쯤 시간을 내실 수 있나요? 누이동생을 소개하고 싶은데요."

그 말에 왓슨은 헨리 경을 지켜야 한다는 생각이 먼저 떠올랐다. 하지만 헨리 경은 저택에서 서류를 처리하느라 바쁠 터였다. 이어서 홈스가 한 말이 떠올랐다. 그는 황무지에 사는 이웃 사람들을 조사하라고 했다. 왓슨은 스테이플턴을 따라가 보기로 했다. 언덕을 오르자 화산암이 군데군데 솟아오른 넓은 평원이 한눈에 보였다.

"지켜보면 지루할 새가 없어요. 정말 신비로운 곳이지요."

"이곳을 잘 아시나 보군요?"

"여기에 온 지 겨우 2년밖에 안 됩니다. 외지 사람이지요. 찰스 경이 바스커빌관에 정착한 이후에 왔습니다. 하지만 채집이 취미라서 안 다녀 본 곳이 없어요. 이 지역을 저만큼 잘 아는 사람은 없을 겁니다. 저쪽에 연한 녹색을 띤 곳이 있지요?"

"다른 곳에 비해 비옥해 보이네요."

왓슨의 말에 스테이플턴은 웃음을 터뜨렸다.

"천만에요. 저곳이 바로 그림펜 늪지예요. 한 발만 잘못 디뎌도 죽음이죠. 어제도 조랑말 한 마리가 들어갔다가 빠져나오지 못했어요. 그냥 빨려 들어 사라지지요. 비가 많이 내린 뒤에는 더욱 위험해요. 저런, 불쌍한 조랑말 한 마리가 또 걸렸네요."

갈색 조랑말이 물풀 한가운데에서 버둥거리고 있었다. 조랑말이 목을 쭉 빼고 울부짖더니 곧 끔찍한 비명이 황무지에 울려 퍼졌다. 소름이 끼쳤다.

"사라졌군요. 짐승들은 건기에 저곳을 지나다녀요. 우기에는 달라진다는 것을 알아차리지 못하지요. 하지만 저는 한가운데까지 들어갔다가 무사히 나올 수 있어요. 지나갈 수 있는 길을 한두 군데 찾아냈거든요."

"정말입니까? 그런데 저 끔찍한 곳에 굳이 들어갈 이유가 있나요?"

"저 너머에 봉우리가 보이죠? 사실은 습지 한가운데 떠 있는 섬이에요. 그 안에 희귀한 식물과 나비가 살고 있거든요."

"저도 한번 운을 시험해 보고 싶군요."

그러자 스테이플턴은 놀란 표정을 지었다.

"아예 생각도 마세요. 살아 나올 가능성이 거의 없으니까요. 저는 늪에 있는 복잡한 표지들을 다 기억하고 있기 때문에 드나들 수 있는 거니까요."

그때 이상한 소리가 황무지 전체에 울려 퍼졌다. 처음에는 단조로운 낮은 신음 소리 같더니 우렁찬 울부짖음으로 변했다가 다시 구슬픈 소리로 바뀌었다.

"참 묘한 곳이지요?"

스테이플턴이 호기심 어린 얼굴로 왓슨을 쳐다보았다.

"그런데 저게 무슨 소리인가요?"

"농민들은 바스커빌가의 사냥개가 먹이를 부르는 소리라고 하지요."

"스테이플턴 씨는 학자시니까 그런 터무니없는 말을 믿지 않겠지요? 저 소리가 어디에서 난다고 보나요?"

"늪에서 나는 것이 아닐까요? 늪에서는 이상한 소리가 자주 나곤 하니까요."

"그럴 리가요. 분명히 동물이 내는 소리였습니다."

그러자 스테이플턴은 영국에서 거의 멸종한 알락해오라기가 내는 소리일지도 모른다고 했다. 그러면서 그는 가파른 비탈에 원형으로 놓인 돌무더기를 가리키면서, 신석기 시대의 유물이라고 설명했다.

"잠깐, 실례할게요! 팔랑나비가 틀림없군요."

스테이플턴은 즉시 빠른 속도로 뒤쫓기 시작했다. 곤충이 늪지로 날

아가는 모습을 왓슨이 바라보는 순간, 스테이플턴은 조금도 머뭇거리지 않고 풀 무더기들을 밟고 뛰면서 포충망을 휘둘렀다. 왓슨은 그의 날쌘 몸놀림에 경탄하는 한편, 늪에 빠지지 않을까 조마조마한 심정으로 지켜보고 있었다.

그때 발자국 소리가 들렸다. 돌아보니 한 여성이 다가오고 있었는데, 지형 때문에 가까이 올 때까지 보이지 않았던 모양이다. 왓슨은 스테이플턴 양이 틀림없다고 생각했다. 이 황무지에서 살고 있는 여성이 드물뿐더러, 전에 누군가 그녀가 미인이라고 했던 말이 기억났기 때문이다. 다가오는 여성의 미모는 보기 드물 만큼 뛰어났다. 오누이가 그렇게 다를 수가 없었다. 스테이플턴은 피부가 하얗고 머리 색깔도 옅고 눈동자가 회색인 반면, 그녀는 왓슨이 본 그 어떤 여성보다도 더 가무잡잡하고 머리도 눈동자도 새까맸다. 그리고 늘씬하고 키가 무척 컸다. 완벽한 몸매와 우아한 드레스 차림의 여성이 황무지에 나타나니, 마치 환영을 보는 듯했다.

왓슨이 돌아보니 그녀의 시선은 멀리 있는 오빠를 향해 있었다. 왓슨이 모자를 벗으면서 소개를 하려는 찰나, 그녀의 입에서 뜻밖의 말이 튀어나왔다.

"돌아가요! 당장 런던으로 돌아가세요."

왓슨은 놀라서 멍하니 그녀를 쳐다보았다. 그녀는 타는 듯한 눈빛을 한 채 초조하게 발을 굴렀다.

"제가 왜 돌아가야 하죠?"

"설명할 수는 없어요. 하지만 제발 제 말을 들으세요. 돌아가서 다시는 이 황무지에 발을 들여놓지 마세요."

그녀는 나지막하게 힘주어 말했다.

"하지만 이제 막 도착했을 뿐인데요."

"이런, 제발요! 이게 당신을 위한 경고란 걸 모르시겠어요? 런던으로 돌아가세요! 오늘 밤 당장요! 무슨 일이 있어도 이곳을 떠나요! 쉿, 우리 오빠가 오고 있어요! 제가 한 말은 절대로 하지 마세요. 저기 쇠뜨기 사이에 있는 난초 좀 따 주시겠어요? 이 황무지에는 난초가 아주 많답니다. 물론 황무지의 아름다운 모습을 보기에는 때가 좀 늦었지만요."

그때 스테이플턴이 발갛게 달아오른 얼굴로 헉헉거리면서 돌아왔다.

"안녕, 베릴."

왠지 좀 쌀쌀맞게 들리는 인사였다.

"팔랑나비를 쫓고 있었어. 늦가을에는 거의 찾아보기 힘든 녀석이야."

그는 태연하게 말했지만, 그의 작은 회색 눈은 끊임없이 동생과 왓슨을 오가면서 살피고 있었다.

"네 소개를 한 모양이구나."

"응, 헨리 경께 황무지의 진정한 아름다움을 보기에는 때가 늦었다고 말하고 있었어."

"뭐? 이분이 누구라고 생각한 거야?"

"헨리 바스커빌 경이라고 생각했는데?"

"아니, 아닙니다. 경의 친구이지요. 저는 왓슨 박사입니다."

그녀의 얼굴에 당혹감이 어렸다.

그들은 함께 메리피트관으로 향했다. 곧 낡은 집이 나왔다. 집 주변은 과수원이었지만, 나무들이 제대로 자라지 못하고 뒤틀려 있었다. 허깨비처럼 비쩍 마른 늙은 하인이 그들을 맞이했다. 집은 겉은 초라했지만, 안에 들어가니 우아한 가구들이 놓여 있었다. 왓슨은 학식 있는 오빠와 아름다운 여동생이 왜 이런 황무지 한가운데에 와서 사는지 의아했다.

그 생각을 눈치챈 듯이, 스테이플턴이 자신의 과거를 이야기했다. 북부에서 학교를 운영했는데, 전염병이 휩쓰는 바람에 학생 세 명이 죽고 자본이 바닥났다고 했다. 둘 다 자연을 사랑하기에 그 후 이곳으로 와서 지내고 있다는 이야기였다.

스테이플턴은 2층에 있는 나비 표본을 구경하고 점심도 먹고 가라고 했지만, 왓슨은 빨리 돌아가고 싶어졌다. 스테이플턴 양의 경고가 떠오르면서, 뭔가 이유가 있어서 그런 말을 했을 거라는 생각이 들었다.

흩어진 단서를 엮어 얼개를 세운다

"흑, 홈스처럼 며칠 밤새워서 궁리하고 또 궁리하려고 했더니, 아무래도 난 안 돼. 나도 모르게 잠이 들어 버렸어."

스칼렛이 퀭한 눈을 비비면서 우는 소리를 했다. 그러자 경위가 쯧쯧 혀를 차며 고개를 저었다.

"뭘 밤새워 생각했다는 건데?"

"진짜 범인이 누구인지! 홈스가 제대로 수사를 했는지!"

스칼렛이 경위를 째려보면서 내뱉자 아서가 옆에서 말렸다.

"자, 진정해. 그러다가 눈에 핏발만 더 서."

경위가 피식 웃었다.

"어라? 이제 좀 티가 나려고 하는데? 한쪽은 인간성 나쁜 수사관, 또 한쪽은 인간성 좋은 수사관 흉내를 좀 내네? 하지만 아직 한참 멀었어. 추리를 하려면 구체적으로 하나하나 따지면서 해야지. 그렇게 사건을 한꺼번에 해결하겠다는 식으로 뭉뚱그려서 생각하는 건 시간 낭비일

홈스는 추리를 두 단계로 나누었어.
자료 수집 단계와 추론 단계.
자료 수집 단계에서는 먼저 관련된 사람들을
만나 인터뷰를 해야 해. 알겠나?

뿐이야."

"구체적으로 따진다는 게 무슨 뜻인데?"

아서가 진지한 태도로 묻자, 경위는 휴 하고 길게 한숨을 내쉬면서 대답했다.

"너희는 홈스와 왓슨 전문가이면서, 진짜 홈스의 수사 방식에 대해서는 별 생각을 안 했구나. 홈스의 추리는 크게 두 단계로 나눌 수 있어. 자료 수집 단계와 추론 단계이지. 먼저 관련된 사람들을 만나서 인터뷰를 하고, 사건과 관련된 곳을 찾아가 현장 조사를 하면서 자료를 수집하지. 여기서 문제 하나. 홈스가 주로 어디에서 의뢰인을 만났을까?"

"당연히 여기지!"

아서와 스칼렛이 동시에 대답했다.

"맞아. 홈스는 거의 언제나 베이커가의 자기 사무실에서 면담을 했어. 아마 의뢰인의 말에 집중하기 위해서였을 거야. 늘 똑같은 공간에서 사

람을 만나면 주의가 분산되지 않거든. 낯선 곳에서 만나면 여기저기 살펴보느라 주의가 분산되기 쉬워."

경위가 목이 마르다는 시늉을 하자 아서가 재빨리 커피를 내왔다. 경위는 한 모금 홀짝 마신 뒤 말을 이었다.

"홈스는 의뢰인의 이야기를 들을 때 아주 집중해서 들었어. 그리고 좀 엉뚱해 보이는 질문도 종종 했지. 얼핏 사소하거나 아무런 관련이 없어 보이는 질문 말이야. 바스커빌가 사건에서도 헨리 경에게 일상적이지 않은 일이 일어났는지 물었지 아마."

"맞아. 그런 질문이 나중에는 중요한 것으로 드러났어."

스칼렛이 고개를 끄덕였다.

"한마디로 홈스는 이야기를 그냥 듣고 있지 않았다는 거지. 들으면서 계속 머릿속에서 꿰어 맞춘 거야. 사건의 전모를 파악하기 위해서. 의뢰인이 사소하거나 관련이 없다고 여기는 것을 질문함으로써, 흩어진 단

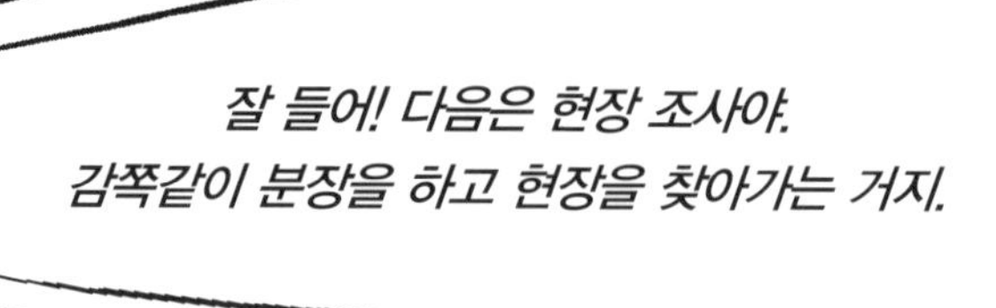

서들을 엮을 맥락을 찾아내는 식이었어. 그렇게 해서 사건의 얼개를 파악하는 거야."

"바로 그 점이 실천하기가 어려운 거 아닐까? 경위는 어때? 사건 피해자를 만났을 때, 엉뚱해 보이는 질문을 하곤 해?"

그 질문을 하면서 아서와 스칼렛은 서로 눈짓을 하면서 속으로 킥킥거렸다.

"그런 건 수사관의 기본 자질이지. 얘기 돌리지 말고, 집중해서 들어! 인터뷰를 통해 사건을 얼추 파악하고 나면 반드시 현장을 찾아나서야 해. 바로 이 부분이 홈스의 모험에서 핵심을 이루지. 요샛말로 하면, 몸으로 뛴다고나 할까. 범죄 현장이나 관련 장소를 찾아다니면서 정보를 모으는 거야. 때로 변장도 하고, 왓슨을 대신 보내기도 해."

스칼렛과 아서가 고개만 끄덕이고 있자, 경위는 또 쯧쯧 하는 표정을 지었다.

“집중하라고 해서 그냥 듣고만 있으라는 말은 아니라니까! 에잇, 어쨌든 홈스 추리의 두 번째 단계는 그렇게 모은 자료들을 놓고 혼자 깊은 생각에 잠기는 거야. 모든 활동을 중단하고, 자신에게 친숙한 공간에 스스로를 감금하지.”

“주의가 분산되지 않도록!”

스칼렛이 소리치자 경위는 고개를 끄덕였다.

“홀로 모든 자료를 머릿속으로 정리하고, 분석하고, 가설을 짜고, 검증하면서 추론하는 거지. 때로는 밤을 새우기도 하면서. 모호하고 혼란스럽게 뒤엉켜 있던 자료들을 산뜻하게 정리하는 거야.”

“그래! 바로 내가 그걸 했다니까!”

스칼렛이 목청을 높이자 경위는 깔보듯 말했다.

“그러셔요? 그러면 의뢰인의 주장과 홈스의 결론이 어긋나는 대목에서 몇 가지 가설을 세웠는데? 그리고 어떤 증거를 대입해서 가설을 지

이제 모은 자료를 놓고 깊이 생각하는 거야.
머릿속으로 정리하고, 분석하고,
가설을 짜고 검증하면서 추론하는 거지.
'사고 훈련'이라고 들어는 봤나? 흠!

워 나갔지?"

"…."

스칼렛은 꿀 먹은 벙어리가 되었다.

"홈스는 너도밤나무 집 사건에서 이렇게 말했어. '곰곰이 생각했는데, 우리가 아는 사실에 들어맞는 설명이 일곱 가지나 돼.' 홈스가 홀로 깊은 생각에 잠겼을 때 어떤 추리를 하는지 짐작할 수 있겠지?"

"나도 그렇게 했는데…."

"그래? 그렇다면 의뢰인이 왓슨의 미인 편향을 지적했다면서? 그건 어떻게 생각하지? 어떤 가설들을 세웠고 검증했어?"

"그건 미처 생각을…."

"휴, 그럼 지금 해 봐."

스칼렛이 반발하고 나섰다.

"나도 집중해야 하잖아! 홈스처럼 혼자 곰곰이 추론할 시간이 필요하

다고!"

경위는 다시 고개를 저었다.

"쯧쯧, 홈스가 주의를 집중하기 위해 홀로 처박히는 방법을 쓰긴 했지만, 사실 홈스는 그 방법을 쓸 필요가 없었어."

"무슨 뜻이야?"

아서가 고개를 갸우뚱하면서 물었다.

"너희는 정말 홈스를 제대로 안 읽었구나. 그는 이런 말을 했어. '오랫동안 사고 훈련을 했기 때문에, 이제 중간 단계를 거의 의식하지 않은 채 결론에 도달해. 물론 그런 중간 단계들이 있긴 하지.' 즉 홈스는 이미 그 일에 숙달되어 있어서 추리를 거의 자동적으로 하는 셈이지. 자전거를 타는 법에 능숙해지면, 거의 의식하지 않고 타는 것처럼 말이야."

"그런데?"

"그렇게 자동화가 이루어지면 두 가지 일을 동시에 할 수 있게 돼. 자

끙끙거린다고 생각이 나오냐고?
원칙은 원칙일 뿐,
그때그때 상황에 맞춰야지!!!

전거를 타면서 노래를 부를 수 있듯이 말이야. 따라서 홈스는 굳이 혼자 처박히지 않아도 충분히 추리를 할 수 있었을 거야."

"어떻게 가능할까?"

"그야 습관이 된 거겠지. 홈스는 자기 습관을 즐기는 사람이었거든. 어쨌든 내가 말하려던 건, 너희는 홈스처럼 추리의 중간 단계가 머릿속에서 자동으로 이루어질 만큼 사고 훈련을 하지 않았다는 거야."

스칼렛과 아서는 저도 모르게 고개를 끄덕였다.

"그런 상태에서 혼자 틀어박혀서 끙끙거린다고 좋은 생각이 나오겠어? 그럴 때에는 머리를 모으는 게 더 좋은 방법이야. 백지장도 맞들면 낫다는 거지. 홈스가 실용주의자라고 했지? 그 말은 언제 어디에서든 상황에 맞출 수 있어야 한다는 거야. 원칙 따위에 얽매이지 말고. 너희도 그래야 해. 그러다 보면, 너희가 놓친 어떤 맥락을 찾아낼 가능성이 높아."

언제는 생각, 또 생각하라더니….
어느 장단에 맞추라는 거야?

경위는 커피 잔을 내려놓고 일어났다.

"참, DNA 분석이 좀 더 미뤄질 거라는 말을 하려고 왔다가 엉뚱한 말만 했네. 최근에 사건이 많이 늘어서 순서가 밀렸대. 그럼, 둘이 잘해 봐."

경위가 나간 뒤, 두 사람은 잠시 멍하니 있었다. 이윽고 아서가 입을 열었다.

"왠지 자기 조상이 신세를 졌다고 도와주려고 하는 게 아니라, 조상이 홈스 때문에 제대로 빛을 못 봤다고 복수하러 오는 것 같지 않아?"

스칼렛이 키득거리면서 맞다고 박수를 쳤다.

"아무튼 어설프게 홈스 흉내를 내지 말라는 거네. 먼저 추리 훈련이 필요하다 이거지. 게다가 연습 문제까지 던져 주고 갔네. 의뢰인이 뭐라고 했지?"

아서가 기억을 떠올리면서 대답했다.

"왓슨의 시각이 편향되어 있다고 했어. 스테이플턴이 먼저 다가와서

황무지에 관해 친절하게 이것저것 자세히 알려 주고, 수사를 도와주겠다는 말까지 했는데, 계속 수상쩍은 시선으로 보았다는 거야. 반대로 스테이플턴 양을 묘사할 때에는 보기 드문 미인이라는 말부터 했다는 거지. 만나자마자 뜬금없이 돌아가라고 히스테리를 부렸는데도, 전혀 수상쩍게 생각하지 않았다는 거야."

"그렇다면 의뢰인은 왓슨이 선입견을 갖고서 스테이플턴 양을 대했다는 거네? 워낙 미인이니까, 보자마자 '좋은 사람이구나.' 하고 생각했다는 거지?"

"그래. 우리가 의뢰인의 가설이 틀렸다는 것을 증명하려면 어떻게 해야 할까? 반박 증거가 어디 있을까?"

둘은 잠시 고민했다. 그러다가 스칼렛이 말했다.

"맞다. 왓슨이 다른 여성을 묘사한 대목을 찾아보면 되잖아!"

아서는 책을 가져와 펼쳤다.

"집사 부인은 흥미로운 여성이라고 했어. 육중하고 옹골차고 융통성이 적고 고지식하고 청교도적 기질도 있고. 얼굴에서 눈물 자국을 몇 번 보고서는 마음속에 어떤 깊은 슬픔이 맺혀 있다고도 보았지. 꽤 객관적으로 자세히 관찰했는데, 진짜 스테이플턴 양을 대할 때와는 달라 보이는데?"

스칼렛은 고개를 끄덕이다가 갑자기 흥분하며 소리쳤다.

"그렇긴 해. 하지만 뭐 그걸 갖고 물고 늘어지는 거지? 남자들은 다 똑같은 거 아냐? 미인을 보면 헬렐레하잖아? 너는 안 그래?"

스칼렛의 갑작스러운 공격에 아서는 재빨리 고개를 저었다.

"아니, 난, 꼭 그렇지는…."

스칼렛이 째려보자 아서는 재빨리 꼬리를 내리면서 중얼거렸다.

"그래. 하지만 첫눈에 사람을 잘못 판단할 수도 있는 거 아냐? 그걸 굳이 따지고 드는 게 좀 우습지."

그 말에 스칼렛은 눈을 동그랗게 떴다.

"맞아! 바로 그거야. 사건 흐름으로 보면, 별 의미도 없는 사소한 문제야. 그런데 의뢰인은 저번에 와서 왜 그 점을 계속 물고 늘어진 거지?"

"거기에 어떤 의도가 숨어 있다는 거야?"

스칼렛은 고개를 끄덕였다.

"특히 왓슨이 스테이플턴 양을 묘사한 부분을 물고 늘어졌잖아. 왓슨이 스테이플턴 오누이를 다르게 대한다, 여동생이 약한 줄 알고 배려하는 척한다, 또 뭐라고 했지? 남성이 더 강하니까 여성을 배려해야 한다는 사고방식 자체가 근본적으로 잘못된 것이다 등등."

"듣고 보니 그렇네. 스테이플턴 양이 오빠를 두려워하는 듯했다, 스테이플턴 씨가 못마땅한 눈으로 동생을 쳐다보는 듯했다 같은 대목을 이야기하면서, 겉모습은 얼마든지 속일 수 있다고 했지. 맙소사! 이제 의뢰인의 의도를 알겠어!"

"맞아! 스테이플턴 씨가 아니라 스테이플턴 양을 범인으로 몰려고 하는 거야!"

"스테이플턴 양이 왓슨을 속였다는 거지!"

둘은 환호성을 내질렀다.

홈스의 추리는 과학!

사실 홈스는 자신이 어떤 식으로 추리를 하는지 거의 설명하지 않는다. 다른 식으로 추리를 하고도, 연역 추리를 한다고 엉뚱하게 말하기도 한다. 그리고 왓슨이 어떻게 그런 결론을 내렸는지 물으면, 쯧쯧 혀를 차면서 "이런, 왓슨, 그건 기초적인 거야."라고 잘난 척하곤 한다.

어쨌든 홈스는 우선 다양한 방법을 써서 관련 자료를 모은다. 먼저 의뢰인의 말을 들으면서 정보를 받아들인다. 『바스커빌가의 개』에서 헨리 경에게 평소에 없던 일은 뭐든지 말해 보라고 했듯이, 사건과 아무 상관이 없어 보이는 사소한 것까지도 다 기억한다. 그런 뒤 현장을 조사하고, 관련자들을 면담하고, 의심스러운 사람을 추적하는 등의 활동을 통해 필요한 추가 자료를 모은다.

원하는 만큼 자료를 얻었다는 생각이 들면, 그는 혼자 틀어박혀서 머릿속으로 자료를 훑고 뒤섞고 엮으면서 추리를 한다. 이윽고 긴 시간이 흐른 뒤, 그는 "왓슨, 해결했네!"라고 외치면서 뛰쳐나온다.

여러 사건에서 단편적으로 드러나는 사실들을 종합해 보면, 홈스는 단번에 확실한 결론을 내리는 것이 아니다. 여러 가지 가설을 세운 뒤, 증거와 들어맞지 않는 가설을 지워 나간다.

때로 증거가 충분치 않거나 모호하면, 홈스도 잘못된 추리를 하곤 한다. 홈스는 자신의 추리가 틀리면 곧바로 수긍을 한다. 바로 이 부분이 홈스의 탁월한 측면 중 하나이다. 명성이나 권위를 얻은 사람일수록, 자신이 틀렸다는 점을 인정하지 않으려는 성향이 더 강하다. 인정했다가는 명성이나 권위가 깎일 것이라는 걱정이 앞서기 때문이다. 하지만 홈스는 기존 가설에 반하는 새 증거가 나오면, 기꺼이 그 가설을 포기하고 새로운 가설을 세워서 검증한다.

이 점에서 홈스는 과학자와 비슷한 방식으로 추리를 하는 듯하다. 기존 학설을 반박하는 새 증거가 나오면, 과학자는 그 학설을 버리고 새 학설을 세운다. 사실상 관찰과 경험을 통해 얻은 단편적인 자료들을 창의적으로 하나로 엮어서 새로운 이론, 새로운 지식을 만들어 내는 셈이다. 그럼으로써 홈스는 사건을 해결하고, 과학자는 자연의 수수께끼를 해결한다.

배리모어 집사 부부, 스테이플턴, 그리고 라이언스 부인

왓슨은 처음에 스테이플턴 씨보다 배리모어 집사를 더 수상쩍게 여겼다. 홈스에게 보낸 보고서에 왓슨은 이렇게 쓰고 있다.

알다시피 나는 잠을 잘 못 자네. 게다가 여기서는 경호원 역할까지 맡고 있으니 잠을 더 못 이룰 수밖에. 어젯밤 두 시경에는 누가 방문 앞을 지나가는 소리에 잠이 깼어. 살짝 방문을 열고 나갔지. 누군가 촛불을 들고 살금살금 걸어가고 있었어. 키가 컸어. 배리모어가 분명했지.

배리모어는 반대편 복도의 맨 끝에 있는 방으로 들어갔어. 아무도 안 쓰는 텅 빈 방이었지. 그래서 더욱 수상쩍었어. 나는 몰래 가서 문틈으로 엿보았네.

그는 창문에 몸을 바짝 대고 있었어. 옆얼굴이 보였는데, 굳은 표정으로 컴컴한 황무지를 바라보고 있었지. 한참을 그렇게 서 있더니, 촛불을 확 꺼 버렸어.

나는 재빨리 방으로 돌아왔네. 곧 그가 돌아가는 소리가 들렸어. 무슨 일인지는 알 수 없었지만, 이 집 안에서 뭔가 비밀스러운 일이 벌어지고 있다는 것은 분명했어. 내 나름대로 이론을 세우기는 했지만, 말하지 않겠네. 자네가 사실에만 충실하라고 했으니 말이야.

다음 날 아침 일찍 배리모어가 있던 방을 조사했어. 그 방의 창은 다른 창문들과 달랐네. 거기에서는 두 나무 사이로 황무지가 훤히 보였어. 다른 창들은 나무로 가려져서 멀리 풍경만 보일 뿐이었지. 따라서 배리모어가 여기로 온 이유는 분명했어. 황무지에 있는 무언가나 누군가를 보기 위해서였을 거야. 하지만 어젯밤에는 너무 어두워서 못 찾은 듯해. 그러다가 문득 혹시 배리모어에게 정부가 있나 하는 생각이 들었어. 정부가 찾아오기로 한 것이 아닐까? 그러면 그의 아내가 불안해하는 이유도 다 설명이 되지. 배리모어는 훤칠하고 잘생겼으니까 시골 처녀가 얼마든지 따를 거야. 나는 아침 내내 그 추리에 푹 빠져 있었지.

나는 아침 식사를 한 뒤 헨리 경에게 내가 목격한 것을 이야기했지. 경은 놀라지 않았네. 자신도 배리모어가 밤에 돌아다니는 것을 알고 있었고, 한마디 할 생각이었다고 했어. 우리는 배리모어의 뒤를 밟기로 계획했어.

첫날 밤은 배리모어가 지나가지 않아서 실패했지. 다음 날 밤 두 시가 되자, 복도에서 삐걱거리는 소리가 들렸어. 우리는 뒤를 따랐네. 그는 전날 그랬듯이 창문에 얼굴을 바짝 대고 있었어.

그때 헨리 경이 문을 벌컥 열고 방으로 들어갔네. 배리모어는 비명을 지르면서 창가에서 떨어졌어. 그는 놀라기도 했고 두렵기도 했는지 창백한 얼굴로 벌벌 떨면서 서 있었지.

“배리모어, 여기서 뭘 하고 있는 건가?”

경이 묻자, 배리모어는 창문이 제대로 닫혀 있는지 확인하는 중이라고 했지만, 헨리 경은 사실대로 털어놓으라고 다그쳤어. 배리모어는 어쩔 줄 몰라 하면서도 나쁜 짓을 하려는 것이 아니라고 대답했어.

“왜 촛불을 들고 창가에 서 있었나?”

“묻지 말아 주십시오, 주인님. 제 비밀이 아니기 때문에 말씀드릴 수 없습니다. 저만의 일이라면 말씀드리겠지만요.”

그 순간 퍼뜩 어떤 생각이 떠올랐네. 나는 배리모어의 손에서 촛불을 빼앗아서 촛불을 창가로 가져갔어. 얼마쯤 지났을까, 어두컴컴한 황무지 한가운데에 갑자기 노란 불빛이 나타났네.

“저거야!”

내가 소리치자, 배리모어는 아무것도 아니라고 부정했어. 하지만 내가 촛불을 움직이자, 저쪽의 촛불도 움직였지. 신호임이 분명했네. 헨리 경은 목소리를 높여서 다그쳤어.

“이래도 아니라고 할 건가? 똑바로 말하게. 저쪽의 패거리는 누구이고, 대체 어떤 음모를 꾸미는 거지?”

“이건 주인님 일이 아니라 제 일입니다. 말하지 않겠습니다.”

"그렇다면 당장 이 집을 나가게. 부끄러운 줄 알게. 자네 집안은 우리 집안 사람들과 백 년 이상 한 지붕 밑에서 생활했어. 그런데 주인을 상대로 못된 음모를 꾸미다니!"

그때 여자 목소리가 들렸어.

"아니에요. 주인님을 상대로 한 게 아니에요!"

배리모어의 아내였어. 그녀는 남편보다 더 겁에 질린 얼굴로 문가에 서 있었어.

"엘리자, 다 끝났어. 가서 짐을 싸자고."

배리모어가 말했어.

"오, 여보. 괜히 당신을 이 일에 끌어들였나 봐요. 주인님, 모든 게 다 저 때문이에요. 제가 부탁해서 남편이 이 일을 한 거예요."

헨리 경이 사정을 말하라고 하자 그녀는 대답했어.

"제 불쌍한 동생이 황무지에서 굶어 죽어 가고 있어요. 그래서 차마 두고 볼 수가 없어서, 불빛으로 음식이 준비되었다고 신호를 보낸 거예요."

"그렇다면 동생이 바로…."

"탈옥수이지요. 셀든이에요."

나는 놀라서 그녀를 쳐다보았네. 이 무표정하고 단정한 여인이 영국에서 가장 악명 높은 범죄자와 한 핏줄이라니!

그녀는 자초지종을 설명했네. 탈옥수는 그녀의 막내 동생이었어. 남에게는 악당이지만, 자신에게는 그저 어린 남동생이라고 했지. 탈옥하여 쫓기다가 누나를 찾아온 동생을 차마 외면하지 못하고 먹을 것을 갖다 주곤 했다는 거야.

사정을 듣고 난 헨리 경은 내일 아침에 더 이야기하자고 하면서 집사 부부를 돌려보냈어. 그리고 우리는 탈옥수를 잡으러 황무지로 향했어. 놓치긴 했지만 말이야.

하지만 수상쩍은 사람은 집사만이 아니었다. 왓슨은 스테이플턴 씨가 수상쩍은 행동을 하는 광경도 목격했다. 왓슨의 보고서는 계속되었다.

처음 배리모어 집사가 수상쩍다는 이야기를 한 뒤, 헨리 경은 혼자 황무지로 나가겠다고 했어. 내가 따라가려고 하자 경은 사생활이니 분위기를 망치지 말라는 투로 말했네. 하지만 혼자 보내고 나니 후회가 되었지. 불행한 일이 생기면 자네에게 면목이 없을 것이라는 생각이 들었어. 그래서 서둘러 따라나섰네.

버려진 채석장이 있는 산 위에 올라가니 500미터쯤 떨어진 곳에 경이 보였어. 혼자가 아니었네. 옆에 스테이플턴 양이 있었지. 둘은 천천히 걸으면서 열심히 대화를 나누고 있었어. 남의 연애 장면을 훔쳐본다는 것이 좀 그랬지만, 그래도 보호 임무에 충실한 편이 낫다고 생각했지.

그런데 그들을 지켜보는 사람이 또 있었어. 초록색이 언뜻 비치는 듯해서 눈을 돌렸더니 포충망이었어. 스테이플턴이었지. 그는 두 사람을 향해 다가가고 있었어. 그때 헨리 경이 갑자기 스테이플턴 양을 와락 껴안았어. 그녀는 고개를 돌리고 몸을 떼어 내려 하는 듯했어.

그러다가 갑자기 둘은 황급히 떨어졌어. 스테이플턴이 둘을 향해 미친 듯이 뛰어오는 모습을 본 모양이었지. 그는 몹시 흥분한 기색으로 두 사람 앞에서 손짓 발짓을 하면서 뭐라고 마구 떠들었어. 그가 항의를 하고 헨리 경이 해명을 하는 듯했어. 그녀는 옆에서 가만히 서 있었지. 마침내 스테이플턴은 몸을 홱 돌리면서 누이동생에게 위압적인 자세로 손짓을 했어. 그녀는 어쩔 줄 몰라 하면서 헨리 경을 한번 쳐다보고는 오빠의 뒤를 따랐네. 헨리 경은 우두커니 지켜보다가 돌아서서 고개를 숙이고 걷기 시작했지. 무척 안쓰러워 보였네.

나는 지켜본 것이 양심에 꺼려서 헨리 경 앞에 나섰네. 경은 처음에는 화를 내더니 처량한 표정을 지었지.

"오빠라는 작자가 제정신이 아니라고 생각한 적이 있습니까?"

나는 아니라고 했어.

"저도 그랬지요. 하지만 오늘 보니 그자와 나, 둘 중 하나는 정신 병원에 가야 해요. 대체 내가 뭐가 문제라는 겁니까? 내가 남편 노릇을 제대로 못할 것 같습니까? 나는 평생 어느 누구에게도 해를 끼친 적이 없어요. 그런데 그 작자는 누이동생의 손가락 하나도 건들지 못하게 하겠답니다."

"정말로요?"

"그것만이 아니에요. 그녀를 안 지 몇 주밖에 안 되었지만, 처음 본 순간부터 나는 그녀가 내 사람이라고 느꼈어요. 그녀도 나와 있을 때 행복해했고요. 눈빛만 보아도 알지요. 그런데 그 작자는 우리가 가까워지지 못하게 막으려 갖은 수를 다 썼어요. 오늘에야 단둘이 만날 기회를 얻은 거예요."

하지만 경은 정작 둘이 나눈 대화는 사랑의 이야기가 아니라고 했어. 경이 그런 말을 하려고 하자, 그녀는 들으려 하지 않았다고 했지. 대신 이 지역이 위험하니 경이 계속 머물면 불안하다고 했대.

"스테이플턴 양에게 당신이 진정으로 내가 떠나기를 원한다면 함께 가자고 했어요. 사실상 청혼이었지요. 그런데 그녀가 대답할 새도 없이 그 작자가 들이닥친 거예요. 나는 그 작자에게 말했어요. 누이를 아내로 맞이하고 싶다고요. 그런데 그 작자는 무작정 화만 냈어요. 결국 나도 화가 나서 마구 퍼부어 댔지요. 대체 그 작자는 왜 그러는 걸까요?"

나도 이해가 안 되었지. 헨리 경은 작위, 재산, 나이, 성격, 외모 어느 것 하나 빠질 데 없는 신랑감인데 말이야. 스테이플턴의 태도도 그렇고, 묵묵히 상황을 받아들이는 그녀의 태도도 납득이 가지 않았어.

하지만 오후에 스테이플턴이 찾아와서 사과를 하고 해명을 하면서 상황은 일단락되었네.

"누이동생이 자기 인생의 전부라고 하더군요. 지금까지 죽 같이 살았는데, 갑자기 나와 동생이 함께 있는 장면을 목격하고 동생이 떠날지도 모른다는 생각을 하니, 너무 충격을 받아서 이성을 잃었다는 거예요. 하지만 곰곰이 생각하니 동생이 평생 자기 곁에 있을 것이라고 생각한 것 자체가 어리석었고, 보낼 바에야 모르는 사람보다는 내게 보내는 편이 낫다고 생각했대요. 다만 마음의 준비가 필요하니 시간을 좀 달라더군요. 석 달 동안 누이와 사랑이 아닌 우정을 나누는 데 만족한다면, 결혼에 반대하지 않겠다고 했어요. 그러겠다고 약속했지요."

그리고 또 한 명이 있었다. 바로 라이언스 부인이었다. 왓슨은 이렇게 쓰고 있다.

어느 날 아침, 배리모어 집사가 헨리 경에게 면담을 신청했어.

"주인님, 처남은 며칠 안에 남미로 밀항할 계획입니다. 아무 일 없이 조용히 사라질 겁니다. 제발 경찰에 알리지 말아 주세요. 경찰이 알면 저희 부부도 난처한 입장에 처합니다."

배리모어 집사의 간청에 헨리 경과 나는 결국 그러기로 했지. 집사는 감사를 표한 뒤, 우물쭈물하다가 덧붙였어.

"사실은 제가 알고 있는 게 있습니다. 진작 말씀드렸어야 했는데, 수사가 끝난 지 한참 뒤에야 안 거라서, 아무에게도 말하지 못했습니다. 주인님이 그 시간에 왜 쪽문 앞으로 나갔는지 압니다. 어느 여자 분을 만나기 위해서였어요."

"여자를? 누구?"

"모릅니다. 이름의 머리글자만 알고 있습니다. L. L.이지요."

"어떻게 알게 되었나?"

"그날 아침에 찰스 경께 편지가 한 통 왔어요. 쿰 트레이시에서 온 건데, 주소는 여자의 필체로 적혀 있었어요. 그 뒤로 까맣게 잊고 있었는데, 몇 주 전에 아내가 서재를 청소하다가 벽난로 뒤쪽에서 타다 만 편지를 발견했어요. 편지는 다 타고 끝만 조금 남아 있었어요. 이렇게 적혀 있더군요. '제발, 제발 부탁입니다. 선생님은 신사이시니 이 편지는 태워버리시고요, 열 시까지 쪽문 앞으로 나와 주세요.' 그리고 밑에 'L. L.'이라고 적혀 있었지요."

"그것을 갖고 있나?"

"아니오. 집어 올리니까 산산이 부서졌어요."

"알겠네. 이제 가 보게."

배리모어 집사가 나가자 헨리 경이 말했어.

"사건의 열쇠를 지닌 사람이 나타났군요. L.L.을 찾아내기만 하면 될 텐데…."

단서는 다음 날 나타났어. 나는 비가 오는 와중에 황무지로 산책을 갔다 오는 길에 모티머 박사를 만났지.

"박사님께서는 왕진을 다니시니 이 지역 사람들을 다 아시겠네요?"

"거의 그렇지요."

"혹시 이름의 머리글자가 L.L.인 여성이 누구인지 아십니까?"

"이 지역에는 없는데…. 아, 쿰 트레이시에 한 명 있습니다. 로라 라이언스이지요."

모티머 박사는 그녀가 누구인지 설명했어. 라이언스 부인은 괴짜 영감 프랭클랜드의 딸로서, 황무지를 그리겠다고 온 질 나쁜 화가와 혼인했다가 버림을 받은 여인이라는 거야. 처음부터 혼인을 반대한 아버지와 소원해져서 지금 혼자서 어렵게 살아간다고 했지.

다음 날 나는 쿰 트레이시로 가서 라이언스 부인을 만났어.

"제가 부인을 뵈러 온 것은 돌아가신 찰스 경 때문입니다. 그분을 아시지요?"

"그분에게 큰 은혜를 입었지요. 덕분에 이렇게 혼자서도 살아갈 수 있었고요."

"경과 편지 왕래를 하셨나요?"

그러자 부인은 화가 난 듯이 말했어.

"그걸 왜 묻는 건가요?"

"쓸데없는 소문이 나는 것을 막기 위해서지요. 남들이 없는 곳에서 질문하는 편이 낫다고 생각했습니다."

부인은 말이 없다가, 도전하는 태도로 나를 올려다보았어.

"좋아요. 알고 싶은 게 뭔가요?"

"편지 왕래를 하셨나요?"

"감사 편지를 한두 번 보낸 적이 있어요."

"날짜를 기억하세요?"

"아니오."

"경을 만나신 적은요?"

"한두 번쯤. 그분이 쿰 트레이시에 오셨을 때요. 경은 남몰래 선행을 베푸는 것을 좋아하셨어요."

"찰스 경을 만난 적도 편지 왕래를 한 적도 거의 없는데, 어떻게 그분이 부인의 처지를 알고 많은 도움을 주셨나요?"

"제 딱한 사연을 아는 신사 분들이 몇 분 계세요. 그분들이 도와주셨지요. 그중 한 분이 스테이플턴 씨인데, 정말 선량한 분이세요. 그분이 찰스 경과 친해서 제 사정을 말씀해 주셨어요."

"찰스 경에게 만나 달라는 편지를 쓴 적이 있나요?"

부인은 화가 나서 얼굴을 붉혔어.

"묘한 질문을 하시네요?"

"죄송합니다. 하지만 꼭 알아야겠습니다."

"그런 편지는 쓴 적이 없어요."

"경이 사망한 날에도 말입니까?"

그러자 순식간에 핏기가 가시면서 부인의 얼굴이 새파랗게 질렸지. 부인은 메마른 입술로 아니라고 말했지만, 입만 움직였을 뿐 소리는 나오지 않았어.

“기억을 못하시나 본데요, 부인이 쓴 편지의 한 구절을 인용해 볼까요? ‘제발, 제발 부탁입니다. 선생님은 신사이시니 이 편지는 태워 버리시고요, 열 시까지 쪽문 앞으로 나와 주세요.’”

그 순간 나는 부인이 기절한 줄 알았어. 잠시 뒤 부인은 가까스로 힘겹게 숨을 내쉬면서 말했지.

“세상에 신사란 없군요.”

“그건 아닙니다. 경은 분명히 편지를 태웠어요. 하지만 타 버린 편지도 해독이 가능할 때가 있지요. 이제 편지 쓴 걸 인정하시나요?”

그러자 그녀는 소리쳤어.

“그래요. 내가 썼어요. 부정하지 않겠어요. 부끄러워할 이유가 전혀 없으니까요. 난 찰스 경의 도움을 받고 싶었어요. 그래서 만나자고 한 것뿐이에요.”

“하지만 하필이면 왜 그 시간에?”

“그분이 런던에 가서 몇 달 동안 지낼 것이라는 사실을 그 전날에야 알았으니까요. 또 더 일찍 나갈 수도 없었어요.”

“집으로 가면 됐잖아요? 왜 밖에서 만나자고 했나요?”

“그 시간에 여자가 혼자 사는 남자 집으로 갈 수 있겠어요?”

“좋습니다. 그러면 거기에서 어떤 일이 있었지요?”

“난 가지 않았어요.”

“정말요?”

"맹세하지만, 일이 생겨서 못 나갔어요."

"무슨 일이었는데요?"

"말 못해요. 사적인 일이라서요."

"즉 그 시간에 그곳에서 만나자고 약속을 했지만, 약속을 어겼다는 거군요."

"그래요."

"정말로 결백하다면, 왜 처음에 편지를 안 보냈다고 하셨죠?"

"추문에 휘말릴까 봐서요."

"편지를 태우라고 한 이유는요?"

"편지를 읽었으니 아실 것 아니에요?"

"편지는 일부만 남아 있었어요. 진짜 이유가 뭐였나요?"

"사적인 일인데요, 어쩔 수 없지요. 나는 경솔하게 혼인을 한 탓에 남편에게 끊임없이 시달려 왔어요. 지금은 혼자 지내고 있지만, 남편이 언제 법원에서 동거 명령을 받아 내어 나를 끌고 갈지 몰라요. 그런데 어느 정도 비용만 있으면 자유를 얻을 수 있다는 것을 알았어요. 그래서 찰스 경에게 직접 도와 달라고 할 생각이었어요. 관대한 분이시니까요."

"그렇다면 왜 안 가신 거죠?"

"편지를 보낸 직후에 다른 분에게서 도움을 받았거든요."

배경지식을 활용하라

"오호, 의뢰인의 의도까지? 벌써 거기까지 나갔단 말이야? 조금 있으면 더 가르쳐 줄 것이 없겠네?"

차를 홀짝거리면서 레스트레이드 경위가 감탄했다. 그의 칭찬에 스칼렛이 신이 나서 설명했다.

"단서를 엮으면서 생각해 보니까 그동안 의뢰인이 했던 말들이 하나로 연결되는 거야. 의뢰인은 헨리 경과 스테이플턴 양이 밀회를 갖다가 스테이플턴 씨와 마주치는 장면을 다른 시각에서 볼 수 있다고도 말했어. 밀회 장소를 누가 정했을지 생각해 보라는 투로 말했지."

"그 말도 실마리가 된다는 거야?"

"헨리 경이 지리를 잘 모르니까 당연히 스테이플턴 양이 정했을 거라고만 생각했거든. 그런데 의뢰인은 그녀가 스테이플턴 씨를 자극하려고 일부러 그곳에서 만났다는 말을 하고 싶었던 것 같아. 스테이플턴 양은 스테이플턴 씨가 어디로 채집을 나갔는지 알았겠지."

"스테이플턴 씨가 헨리 경에게 분노를 느끼게 하려고?"

"맞아. 그런 식으로 자극을 해서 살의를 갖도록 했다는 거지. 실제로는 부부이면서 오누이로 행세하자는 주장도 여자 쪽이 했을 거라고 의뢰인이 지나가듯이 말했던 것 같아."

"흠, 의뢰인이 제법 똑똑하군. 입증할 수 없는 부분들을 콕 찍어서 말하는데?"

경위의 말에 아서가 고개를 끄덕이면서 답했다.

"바로 그게 문제야. 우리가 추리를 해 봤더니, 그렇게 보면 모든 게 뒤집힐 수 있더라고. 스테이플턴 양이 런던에서 경을 없앨 기회를 엿보았을 것이라고도 추측할 수 있지. 남편에게 헨리 경을 미행하라고 시켰다면? 하지만 스테이플턴 씨가 알지도 못하는 헨리 경에게 해를 끼친다는 것이 마음에 들지 않아서, 일부러 구두를 한 짝만 들고 오는 등 허술하게 행동해서 단서를 남긴 것이라면? 홈스가 이 사건에 흥미를 갖도록

어리바리하더니 제법인데?
이제 배경지식으로 넘어가 볼까?

마부에게 셜록 홈스라는 이름을 대고 마차를 빌린 것이라면?"

스칼렛이 말을 이어받았다.

"스테이플턴 씨가 처음 왓슨에게 다가와서 친근하게 군 것도 같은 맥락에서 생각할 수 있어. 왓슨이 멀리 떨어진 우체국으로 갈 때까지 기다렸다가, 스테이플턴 양의 시선을 피해 우연히 마주친 척한 거라면? 뭔가 의심나는 점이 있냐, 도와줄 일이 없냐 하면서, 왓슨이 뭔가 눈치채기를 바랐다면?"

"그런 식으로 의뢰인의 주장대로 가설들을 엮어 갈 수 있다는 거네?"

경위의 말에 아서는 고개를 끄덕였다.

"휴, 문제는 이게 꽤 설득력이 있어 보인다는 거지. 스테이플턴 양은 일부러 헨리 경을 유혹해서 남편이 경에게 반감을 갖게 하지. 한편으로는 석 달 안에 목적한 일을 끝낼 테니까, 참아 달라고 하면서 남편을 달래고. 그런 식으로 은근슬쩍 남편의 살의를 자극하고 말이야. 아니, 직

우리 지금
칭찬받은 거야?

접 살해할 마음을 먹었을 수도 있지. 그런 추리가 다 가능해."

스칼렛이 저도 모르게 중얼거렸다.

"그러면 홈스와 왓슨의 수사가 잘못되었다는 뜻이겠지."

"흠, 그러면 어느 가설이 옳은지를 말해 줄 증거를 찾는 일만 남았군."

경위가 말하자, 아서와 스칼렛은 곤혹스러운 표정을 지었다.

"바로 그게 문제야. 이제 어떻게 해야 할지 모르겠어."

그러자 경위는 둘을 향해 빙긋 웃으면서 말했다.

"전에 홈스가 좋은 탐정의 자질을 세 가지 꼽았다고 했지?"

"관찰력, 추리력, 배경지식."

아서가 대답하자 경위가 빼기듯 말했다.

"맞아. 지금 보니, 너희의 관찰력과 추리력은 꽤 늘었어. 이제 배경지식을 이야기해야겠군. 알다시피 수많은 자료 중에 뭐가 유용한지 판단하기란 쉽지 않지. 하지만 홈스는 그 방면에서 탁월했어. 별 관계없는 듯한 지식을 떠올려서 남들이 전혀 하지 못하는 방식으로 연결하곤 했지. 거기에는 직관과 상상력이 큰 역할을 해."

"직관과 상상력을 키워야 하는 거야? 어떻게?"

스칼렛이 인상을 찌푸렸다.

"그건 나중 문제고. 지금은 배경지식에나 신경을 쓰란 말이야. 알다시피 홈스는 온갖 풍부한 지식을 갖고 있었어. 어떤 신문이 어떤 활자를 쓰는지, 이 진흙은 어디에서 온 것인지, 저 말투는 어느 지방의 것인지 등등 헤아릴 수 없을 정도이지. 반면에 홈스는 모르는 것도 아주 많았어. 연역 추리와 귀납 추리도 제대로 구분하지 못하고, 정치도 모르고, 왓슨의 말처럼 예술도 거의 몰랐지. 즉 홈스는 거의 오로지 수사를 하는 데 필요한 지식만 파고든 거야."

"하지만 어떤 지식이 수사에 필요한 건지 어떻게 알지? 미리 알기가 어렵잖아?"

"바로 그래서 도움과 협조를 받는 거지. 홈스는 필요할 때마다 도움을 청했어. 이 사건을 예로 들면, 우리 조상인 레스트레이드 경감께도, 심부름하는 아이에게도 도움을 받았잖아? 그런데 필요할 때 필요한 사람에게 도움을 받기 위해 홈스가 무엇을 했더라…."

경위가 뜸을 들이자, 아서가 말했다.

"먼저 그들에게 도움을 주었어. 사람들은 홈스가 고마워서 기꺼이 도움을 준 거고."

"맞아. 여기서 중요한 점은 홈스가 가진 게 많았기에 그런 일이 가능했다는 거야. 물론 돈이 아니라 정신적인 부분을 말하는 거지. 전문 지식이 아주 많았기에 남과 잘 어울리고 도움을 주는 일이 가능했어."

"그러니까 그 전문 지식이 뭐냐고!"

스칼렛이 짜증을 내며 말했다. 그러자 경위가 소리를 빽 질렀다.

"사회적 자본과 문화적 자본!"

"…."

아서와 스칼렛은 눈만 깜박거렸다. 경위는 다 말했다는 듯이 눈을 감고 가만히 있었다. 결국 스칼렛이 어색하게 애교를 부려야 했다.

"저, 경위님. 조금만 풀어서 말해 주시면…."

"쯧쯧, 좋아. 때에 따라서는 그런 자세도 취해야 돼. 필요한 증거를 얻으려면 무슨 짓이든 할 자세가 되어 있어야지. 아, 물론 법에 어긋나는 짓은 하지 말고. 또…."

스칼렛이 다시 인상을 쓰자, 경위는 재빨리 말을 바꾸었다.

"쉽게 말하면, 우선 인간관계를 맺는 능력이 좋아야 해."

"그건 좀 타고나야 하는 거 아냐? 성격도 좋고 인간성도 좋고 외모도 좀 되고…."

아서의 말에 경위는 반문했다.

"홈스가 그런 사람이었어? 성격 좋고 인간성도 좋고?"

아서는 고개를 저었다. 사실 홈스는 괴팍하기 그지없는 사람이었다.

"휴대 전화에 전화번호 수백 개가 저장된 마당발을 말하는 게 아냐. 의미가 좀 달라. 홈스는 귀족뿐 아니라 길거리의 거지와도 쉽게 사귀어서 필요한 정보를 얻어 낼 수 있었어. 물론 상대에 맞게 변장하는 능력도 한몫을 했지. 옷차림과 겉모습, 말투까지 상황에 맞게 바꿀 수 있었으니까. 아무튼 그렇게 해서 원하는 정보나 물건을 쉽게 손에 넣을 수 있었지."

"혹시 경위님도 그렇게 할 수 있나요?"

스칼렛이 비꼬는 투로 슬쩍 묻자, 경위는 인상을 썼다.

"아이고, 시대가 다르잖아, 시대가! 첨단 과학 기술의 시대에는 그에 맞는 수사 기법을 써야지."

"그래도 신분 위장을 해야 할 때가 있을 텐데…."

아서가 넌지시 묻자, 경위는 짜증 난다는 듯 말했다.

"시끄럿. 자꾸 말을 막을래? 곁다리 말고 큰 줄기에 집중을 해! 홈스가 그럴 수 있었던 것은 변장술 덕분만이 아니야. 상대와 전혀 어색하지 않게 이야기를 주고받을 수 있는 능력이 더 중요했어. 홈스는 귀족이면 귀족, 거지면 거지에게 가치가 있는 지식과 정보를 제공할 수 있었어. 남들이 다 아는 지식을 말하는 게 아냐. 남들이 모르는 지식, 자신이 만나는 상대가 원하는 지식을 갖고 있었지. 홈스는 적절한 지식을 적절한 사람에게 제공하고 대신 도움을 받은 거야. 교환 가치를 제공했다고 할까?"

"그럼 우리도 잡학 박사가 되어야 하나?"

"어휴, 그 말이 아니잖아! 잡학이 아니라 쓸모없는 지식과 쓸모 있는 지식을 구분하는 능력을 기르라는 말이잖아!"

"그러니까 그 기준이 뭐냐고!"

스칼렛이 지지 않고 소리치자, 경위는 고개를 설레설레 저었다.

"스스로 판단해. 어차피 너희는 지금 지닌 게 별로 없잖아? 일을 하면서 인간관계를 맺는 능력과 남에게 줄 수 있는 자기만의 지식을 서서히 늘려 가야 해. 그게 정확히 뭘 말하는지는 직접 경험하면서 체득하는 수밖에 없어. 수사에 유용한 배경지식은 그렇게 몸으로 부딪히면서 얻는 거야."

경위가 떠난 뒤, 아서와 스칼렛은 멍하니 앉아 있었다. 아서가 축 늘어진 채 말했다.

"그냥 수표 다시 돌려주고서 안 하겠다고 할까? 딴 데 가서 의뢰해도 상관하지 않겠다고 하면 어때?"

실제로 그들은 수표에 손도 대지 않았다. 다시 돌려줘야 할지도 모르겠다는 생각을 계속 갖고 있었으니까. 홈스와 왓슨의 수사 결과를 믿지 못해서가 아니라, 그 수사 결과가 옳다고 입증할 능력이 자신들에게 부족하다는 사실을 점점 더 절실히 느끼고 있었으니까. 한동안 말없이 앉아 있는데 전화벨이 울렸다. 아서가 받았다.

"네? 단체 손님이라고요?"

그 말에 스칼렛도 퍼뜩 정신을 차렸다. 스칼렛과 아서는 서둘러 옷을 갈아입고 사무실을 정리했다. 곧 스무 명이나 되는 단체 손님이 들어왔다. 둘은 관광객들을 안내하면서 이런저런 설명을 했다. 흥미를 돋우기 위해 아서와 스칼렛은 간단한 즉석 공연도 했다. 『네 개의 서명』에 나오는 앞부분이었다.

"관찰과 추리는 결국 같은 거라니까."

홈스는 고개를 저었다.

"그건 착각이네, 왓슨. 자네 오늘 아침 위그모어가의 우체국에 갔지? 그건 관찰만으로 알아낼 수 있어. 하지만 거기에서 전보를 부쳤다는 것은 추리의 힘을 발휘해야만 알아낼 수 있는 거야."

"와, 놀랍군. 둘 다 맞았어. 오늘 아침 갑자기 생각나서 아무에게도 말하지 않고 우체국에 다녀왔는데."

"어떻게 알았는지 말해 볼까? 자네 구두코에 진흙이 좀 묻었거든. 지금 위그모어가에서 도로 공사를 하고 있는데, 우체국에 가려면 거기를 반드시 지나쳐야 하지. 그곳의 진흙은 다른 곳과 색깔이 좀 달라. 이런 관찰을 통해 자네가 우체국에 갔다는 것을 알 수 있었지."

물론 이 즉석 공연을 위해 스칼렛은 구두코에 살짝 진흙을 발라 두었였다. 관광객들의 입에서 탄성이 터져 나왔다. 스칼렛은 기운이 나서 말했다.

"전보를 쳤다는 것은 어떻게 알아냈지?"

"오늘 오전 내내 자네와 함께 있었지만, 편지 쓰는 것을 보지 못했어. 또 열려 있는 자네 책상 서랍에 우표와 엽서가 가득했고. 그런데 일부러 우체국까지 갔으니 편지가 아니라 전보를 치러 갔다고 생각할 수밖에.

바로 이런 것이 추리라는 걸세!"

관광객들이 환호성을 지르며 박수를 쳤다. 두 사람은 활짝 웃으면서 우아하게 인사를 했다.

공연이 마음에 들었는지 관광객들은 기념품점에서 이것저것 골랐다. 그중 머리가 희끗한 한 남자가 벽에 붙여 놓은 그림펜 늪지의 개발에 관한 신문 기사를 읽고 있었다. 스칼렛은 다가가서 말했다.

"우리 입장에서는 좀 안타깝지요. 유명한 사건의 배경인데 사라질지도 모른다니 말이에요."

"저는 찬성이에요. 고향이 그쪽이거든요. 우리 친척 분들이 거기에서 양을 키우는데, 지금도 가끔 말이나 양이 빠져 죽는대요. 또 벌레도 많고, 전염병 우려도 있지요. 해마다 소독을 하느라 골치가 아프대요. 사실 아직 발표가 안 났지만, 이미 주민들은 다 찬성했대요. 곧 물을 뺄 거

라는군요."

스칼렛은 깜짝 놀랐다. 아직 그런 소식을 모르고 있었다니….

"그렇군요. 사라지기 전에 한번 가 봐야겠어요. 좋은 소식을 전해 주셔서 고맙습니다. 이 책은 그냥 드리겠습니다!"

스칼렛은 손님에게 『바스커빌가의 개』를 한 권 건넸다.

손님들이 떠나자 스칼렛은 아서에게 말했다.

"경위가 한 말이 이제야 좀 이해가 되네."

사회적 자본과 문화적 자본

사회적 자본은 자신이 지닌 인간관계의 가치, 문화적 자본은 자신이 지닌 지식의 가치를 나타내는 말이다. 간단히 말해서, 많은 사람을 사귀고 많은 것을 안다면, 자신이 지닌 자본이 많다는 뜻이 된다.

많은 사람을 알고, 나를 믿고 의지할 수 있는 사람이 많다면 나는 사회적 자본이 많은 사람에 속한다. 요즘은 소셜 미디어를 많이 이용하는 추세이니, 온라인에서 친구나 팔로워가 많으면 사회적 자본이 많은 사람일까? 하지만 사회적 자본을 따질 때에는 서로 믿고 의지할 수 있고, 서로에게 진정한 도움을 줄 수 있느냐가 중요하다.

문화적 자본은 넓게는 재산 같은 경제적인 요소를 빼고, 지성과 교육 수준, 인품, 사회적 지위 등을 두루 가리키는 의미로 쓰인다. 그중 지식이 가장 중요한 요소이다.

이 두 자본은 양으로만 따져서는 안 되고, 질도 따져야 한다. 수십 명과 친한 사람이 몇 명과 친한 사람보다 반드시 사회적 자본이 더 많다고 할 수 있을까? 그 수십 명이 모두 자신과 나이, 직업, 취미가 비슷하다면? 반면에 후자가 아는 몇 명이 나이, 직업, 취미가 저마다 다르다면? 그 사람들과 주고받을 수 있는 정보의 양과 질, 가치를 생각해 보면, 아는 사람이 많다고 해서 반드시 사회적 자본이 많다고 할 수는 없다.

문화적 자본도 마찬가지다. 아는 것이 많은 사람은 남에게 줄 수 있는 지식 자본이 많다고 할 수 있다. 하지만 내가 19세기 철도의 역사에 빠삭한데, 그 지식을 중요하게 여기는 이가 없다면? 게다가 내가 아는 지식이 인터넷 검색만 하면 쉽게 나오는 것이라면?

가치는 상대적인 것이다. 내가 중요하게 여기는 정보가 남들도 이미 아는 것이거나 남들이 하찮게 여기는 것이라면, 그 정보는 별 가치가 없다. 남이 필요로 하는 지식을 지닌 사람, 남의 가려운 곳을 긁어 줄 수 있는 사람이야말로 문화적 자본과 사회적 자본이 많은 사람이다.

사실 두 자본은 서로 분리된 것이 아니다. 홈스는 마부가 원하는 지식, 교수가 원하는 지식, 경찰이 원하는 지식을 갖고 있었다. 보통 사람들이 별 쓸모없다고 여기는 지식이 홈스에게는 자본이었다. 그는 남들이 하찮게 여기거나 잘 모르지만 잠재 가치가 큰 문화적 자본을 잘 활용하여 사회적 자본을 늘리곤 했다. 즉 홈스는 두 자본의 가치를 알고 잘 활용한 사람이다.

흉계와 탈옥수의 죽음

로라 라이언스 부인을 만난 날, 왓슨은 돌아오는 길에 황무지의 바위산에 올랐다. 그곳 돌집 어딘가에 최근에 수상쩍은 인물이 출현한다고 괴짜 영감 프랭클랜드가 말해 주었기 때문이다. 어스름이 깔리는 와중에 황량하고 적막한 바위산을 뒤지고 있자니 왓슨은 온몸이 긴장되는 것을 느꼈다. 마침내 의심되는 돌집을 발견한 순간, 왓슨의 가슴은 쿵쿵 뛰었다.

왓슨은 재빨리 안을 살폈다. 아무도 보이지 않았지만, 여기저기에 사람이 살고 있다는 흔적이 있었다. 왓슨은 구석에 숨어서 기다렸다. 마침내 멀리서 발소리가 들리기 시작했다. 왓슨은 권총을 꽉 움켜쥔 채 기다렸다. 잠시 뒤 입구에 사람 그림자가 비쳤다. 이어서 목소리가 들렸다.

"왓슨, 정말 멋진 저녁이야. 나오게. 바깥이 더 편할 것 같아."

홈스는 왓슨의 놀란 표정을 보고서 빙긋 웃었다.

"속았다는 생각이 든다면 미안하네. 부디 용서해 주게. 사실 이렇게 몰래 내려온 것은 자네에게 위험이 닥치고 있다고 생각해서야. 내가 자네와 함께 내려왔다면, 적이 경계심을 품을 수도 있었지. 그래서 이렇게 혼자 돌아다니면서 남몰래 수사를 한 거네. 숨은 패로 남아 있다가 나중에 적에게 결정적인 타격을 입힐 수도 있고 말일세."

왓슨은 처음에는 기분이 안 좋았지만, 열심히 조사를 잘했다는 홈스의 칭찬에 어느새 마음이 풀렸다. 왓슨은 라이언스 부인을 찾아가서 나눈 대화를 전해 주었다.

"정말 중요한 내용이야. 이 복잡한 사건에서 내가 메우지 못한 틈새를 자네가 연결해 주었어. 그런데 라이언스 부인과 스테이플턴이 내밀한 관계란 걸 아나?"

"정말인가?"

"그래. 틀림없어. 그리고 스테이플턴 양이 사실은 스테이플턴의 부인이라는 것은?"

왓슨은 깜짝 놀랐다.

"하지만 굳이 그렇게 남들을 속일 필요가 있었을까?"

"스테이플턴은 그렇게 하는 것이 자기 아내가 더 쓸모가 많을 거라고 생각했겠지."

왓슨은 스테이플턴이 무한한 인내심과 간교함, 살인자의 심장을 지닌 인물임을 실감했다.

"그러면 런던에서 우리를 미행한 사람도?"

"내 추리에 따르면 그렇다네."

"마지막으로 한 가지만 더 묻겠네. 이 모든 게 뭘 의미하지? 스테이플턴의 목표는 뭔가?"

그러자 홈스는 착 가라앉은 목소리로 말했다.

"왓슨, 그것은 살인이라네. 치밀하게 계획된 무시무시한 살인!"

그때 갑자기 황무지에서 소름 끼치는 비명이 울려 퍼졌다. 듣는 순간, 온몸의 피가 다 얼어붙는 느낌이었다. 처음엔 멀리 황무지 어딘가에서 들려오는 듯하다가 점점 더 가까이 다가오고 있었다.

"대체 어디지?"

홈스는 떨리는 목소리로 속삭였다. 강철 같은 홈스도 동요하는 듯했다.

그때 더 가까운 곳에서 비명이 울렸다. 이번에는 좀 다른 소리도 섞여 있었다. 끊임없이 들리는 낮은 파도 소리 같기도 한, 으르렁거리는 위협적인 소리였다.

"사냥개야!"

홈스가 외쳤다.

"맙소사. 왓슨, 가야 해. 너무 늦었어!"

홈스는 빠르게 달리기 시작했고, 왓슨도 뒤를 따랐다. 어딘가에서 절망에 찬 외마디 비명이 들리더니 무언가 쿵 떨어지는 소리가 들렸다. 이어서 침묵이 찾아왔다. 둘은 귀를 기울였지만, 바람 소리조차 들리지 않았다.

홈스는 안타까워 발을 구르면서 말했다.

"왓슨, 우리가 너무 늦었어. 바보같이 두 손을 놓고 있었다니! 만약 최악의 사건이 벌어졌다면, 그자에게 반드시 복수를 하겠어."

두 사람은 어둠 속을 무작정 달렸다. 돌에 걸려 넘어질 뻔하기도 하고, 가시덤불을 억지로 뚫고 나가기도 하고, 헐떡거리면서 바위산을 올랐다가 마구 달려서 내려가기도 했다. 하지만 짙은 어둠이 깔린 황무지에서 움직이는 것이라고는 전혀 찾아볼 수 없었다.

그때 어디선가 나지막한 신음 소리가 들리는 듯했다. 가 보니 깎아지른 절벽 아래 자갈밭이 펼쳐져 있었고 무언가 시커먼 물체가 보였다. 가까이 다가가 보니 사람의 모습이 분명했다. 한 남자가 자갈밭에 고개를 처박은 채 엎드려 있었다. 고개는 끔찍한 각도로 꺾여 있었고, 몸통은 마치 공중제비를 넘다가 엎어진 듯이 구부러져 있었다. 신음 소리는 그 목에서 새어 나오고 있었다. 곧 소리가 멎었다.

성냥불을 켜자 부서진 머리 아래로 피가 점점 넓게 퍼지는 게 보였다. 둘은 맥이 탁 풀리고 말았다. 헨리 경이었다. 런던에서 처음 만났을 때 그가 입었던 빨간 정장 차림이었다. 성냥불이 깜박이다가 꺼졌다. 홈스는 울부짖었다.

"짐승 같은 놈!"

"내 탓이야. 헨리 경 옆에 있었어야 하는데. 나 자신을 용서할 수 없을 거야."

왓슨이 말하자 홈스가 소리쳤다.

"아니, 비난받을 사람은 나야. 사건을 조사하는 데만 치우쳐 의뢰인의 목숨을 소홀히 했어. 단단히 경고했는데도 경이 위험을 무릅쓰고 황무지로 나갈 줄 누가 알았겠나?"

"할 말이 없군…. 그런데 경을 죽인 사냥개는 어디 있지? 저 바위틈 어딘가에 숨어 있을지 몰라. 스테이플턴 그 작자는 어디 있는 걸까? 반드시 응분의 대가를 치르게 해야 해."

"그래야지. 삼촌과 조카가 살해당했어. 삼촌은 초자연적인 존재라고 여긴 짐승을 보고서 공포에 질려 숨을 거두었고, 조카는 그 짐승을 피해 온 힘을 다해 달아나다가 죽은 거야. 하지만 우리는 스테이플턴과 사냥개의 관계를 입증해야 해. 게다가 우리는 소리만 들었을 뿐이야. 사냥개가 정말로 있는지 증명할 수가 없어. 헨리 경은 절벽에서 추락사한 것이 분명하니까. 하지만 그자가 아무리 날고뛰어도 기필코 내일 안으로 잡고 말겠네."

둘은 비통하게 시신 옆에 서 있었다. 이윽고 달이 떠오르자 두 사람은 절벽 위로 기어 올라갔다. 어둠에 잠긴 황무지에서 멀리 노란 불빛이 하나 보였다. 스테이플턴의 집이었다.

"당장 가서 체포하면 안 될까?"

홈스는 고개를 저었다.

"그는 무서울 만치 신중하고 교활한 녀석이야. 중요한 것은 우리가 무엇을 아느냐가 아니야. 무엇을 증명할 수 있느냐지. 자칫하다가는 그 악당을 놓칠 수 있어."

두 사람은 시신을 수습하기 위해 다시 아래로 내려왔다. 홈스는 시신을 자세히 들여다보았다. 그러더니 갑자기 껄껄 웃으면서 왓슨의 손을 잡고 흔들어 대며 춤을 추기 시작했다. 홈스의 평소답지 않은 반응에 왓슨이 얼떨떨해하자 그는 소리쳤다.

"수염이 있어! 이 사람은 헨리 경이 아니야. 맞아, 탈옥수야!"

둘은 재빨리 시신을 뒤집었다. 의심의 여지없이 범죄자 셀든의 얼굴이었다. 그 순간 모든 것이 이해가 되었다. 전에 헨리 경이 입던 옷을 배리모어에게 물려주었다고 했는데, 아마 집사는 그 옷을 탈옥수에게 건넸을 거다. 피신을 돕기 위해서.

"호텔에서 슬쩍한 구두로 사냥개에게 헨리 경의 냄새를 맡게 했겠지. 그래서 헨리 경의 옷을 입은 이 남자가 사냥개에게 쫓긴 거고."

홈스가 설명했다. 두 사람이 시신을 어떻게 보존할지 논의하고 있는데 스테이플턴이 다가왔다.

"어라? 배짱 한번 좋군. 사건 현장에 직접 오다니. 우리가 의심한다는 사실을 눈치채지 못하게 조심하게."

스테이플턴은 두 사람을 발견하고 걸음을 멈추는 듯하더니 다시 다가왔다.

"이런, 왓슨 박사 아니십니까? 이 시간에 왜 여기에…. 맙소사, 이게 누굽니까? 혹시, 헨리 경은 아니겠지요?"

스테이플턴은 서둘러 시신에게 다가가서 자세히 살펴보았다. 그러더니 헉 하고 놀랐다.

"아니, 이게 누구입니까?"

"셀든입니다. 탈옥수이지요."

스테이플턴은 두 사람을 돌아보았다. 경악과 실망감이 얼굴에 그대로 드러나 있었다.

"이런 끔찍한 일이! 어떻게 죽었나요?"

"절벽에서 떨어져 목이 부러져 죽은 것 같아요. 우리는 황무지를 산책하다가 비명을 들었어요."

"저도 들었어요. 그래서 나와 본 거죠. 헨리 경이 걱정되어서요."

"헨리 경이요? 왜요?"

왓슨이 참지 못하고 물었다.

"우리 집으로 초대했으니까요. 그분이 오지 않아서 걱정했거든요. 그런데 황무지에서 비명이 들려서. 그런데 다른 소리는 못 들으셨습니까?"

"아니오. 무슨 소리 말인가요?"

홈스가 말했다.

"왜 농부들이 사냥개 유령이 나온다고 하잖아요. 혹시 증거라도 잡았나 해서요."

"그런 소리는 못 들었어요."

"그러면 이 불쌍한 친구는 왜 죽었을까요?"

"계속 숨어 다니다가 정신이 오락가락했나 봅니다. 제정신이 아닌 상태에서 황무지를 달리다가 절벽에서 떨어진 거죠."

왓슨이 말했다.

"그런 것도 같군요."

스테이플턴은 한숨을 내쉬었다. 왠지 안심하는 듯했다.

무언가가 없다는 사실에 주목하라

"저기가 맞지 않을까?"

스칼렛이 헉헉거리면서 저 앞에 보이는 돌집을 가리켰다. 많이 없어지고 무너져 버렸지만, 그래도 아직 황무지 곳곳에 선사 시대의 돌집이 남아 있었다.

아서는 고개를 저으면서 대답했다.

"아니, 좀 더 높은 곳이었을 게 분명해. 바위산 꼭대기 쪽이라고 했잖아. 꼭대기는 아직 멀었어."

"그냥 돌집들인데, 비슷한 곳을 둘러봐도 되잖아?"

스칼렛이 다리를 주무르면서 말했다. 하지만 아서는 단호하게 몸을 돌려서 다시 비탈길을 걷기 시작했다. 뒤에서 스칼렛의 투덜거리는 소리가 들렸다.

아서는 이윽고 바위산 꼭대기에 올랐다. 황무지가 한눈에 내려다보였다. 뒤에서 헉헉거리며 올라온 스칼렛이 벌컥벌컥 물을 들이켜면서 말했다.

"그래도 올라오니까 좋네."

아서는 바로 아래쪽의 오목한 곳을 가리켰다.

"저기가 맞을 거야. 책에 돌집들이 원형으로 놓인 곳이라고 했어."

바로 거기가 홈스가 남몰래 데번으로 내려와서 머물던 곳이었다. 여러 가지 증거를 모으면서 말이다. 하지만 옛날의 흔적은 간 데 없고, 무너지기 직전의 돌집 입구 안으로 누군가 버린 술병과 쓰레기가 보였다.

"막상 보니, 좀 실망인데…."

스칼렛이 바깥의 넓적한 돌에 주저앉으면서 말했다. 돌집 안을 둘러보고 나온 아서가 고개를 끄덕였다.

"그래도 이왕 왔으니까, 책에 나온 곳들을 다 둘러봐야지. 그런데 우리가 레스트레이드의 말을 너무 충실히 따르는 것 같지 않아?"

아서의 말에 스칼렛이 레스트레이드의 말투를 흉내 내며 말했다.

"뛰어난 탐정이란 말이야, '지금 내가 뭘 놓치고 있지?'라고 계속 묻는 사람이야."

아서도 피식 웃으면서 스칼렛처럼 경위 흉내를 냈다.

"뛰어난 탐정이 되려면, 논리력과 인간관계를 맺는 능력뿐 아니라, 허점을 간파하는 능력도 필요해. 너희는 모두 다 부족하니까, 무조건 내가 지금 뭔가를 놓치고 있는 게 아닐까 계속 생각하면서 발로 뛰어다녀!"

아서의 흉내에 둘은 박장대소를 했다. 그때였다. 갑자기 황무지 저편에서 무언가 섬뜩한 느낌을 주는 소리가 들렸다.

스칼렛은 깜짝 놀라서 벌떡 일어났다. 그녀는 온몸에 소름이 돋는 것을 느꼈다.

"저거, 비명 소리 맞지?"

저절로 목소리가 떨렸다. 아서는 애써 침착하려고 했다.

"글쎄, 멀리서 들려서…. 딱히 비명 소리라고는 할 수 없을 듯한데?"

아서가 그렇게 말하자, 스칼렛은 놀란 가슴을 가라앉혔다. 사실은 아서의 말을 그냥 믿고 싶었다. 하지만 그래도 불안해서 스칼렛은 아서를 재촉했다.

"다음은 어디야? 빨리 가자."

스칼렛의 재촉에 발을 떼면서도, 아서는 좀 걱정이 되었다. 황무지에서 사망 사건이 일어난 바로 그 지점이 다음으로 갈 곳이었기 때문이다. 홈스와 왓슨이 비명 소리를 듣고서 어둠을 뚫고 달려간 바로 그곳!

아무래도 스칼렛은 꺼림칙한 모양이었다. 결국 둘은 탈옥수가 죽은 장소를 포기하고 대신 바스커빌관으로 향했다. 사라 할머니는 이번에도 그들을 반갑게 맞이했다.

"아유, 또 와 줬네. 홍차 줄까?"

스칼렛은 따뜻한 밀크티를 부탁했다. 한 모금 마시고 나니, 마음이 좀 가라앉았다.

휘이익 휘이익 아아

"할머니, 혹시 요즘 황무지에서 비명 소리 같은 거 못 들으셨나요?"

"어? 처녀도 그 소리 들었어? 나는 듣지 못했는데, 요새 들은 사람이 많대."

"정말이에요?"

스칼렛은 다시 온몸에 소름이 돋았다. 아서가 재빨리 물었다.

"어디서 나는 거래요?"

"사람들 말로는 늪 쪽에서 난대."

"정말 비명 소리예요?"

"그렇대. 동물이 빠져서 죽는 소리라나 봐."

사라 할머니는 목소리를 낮추었다.

"왜 요새 늪 때문에 말이 많잖아. 늪을 없애자는 쪽에서 일부러 동물을 빠뜨린다는 소문도 있어. 매일같이 비명 소리를 듣고 있어 봐. 늪을 당장이라도 없애고 싶어지지."

"하지만 동물 울음소리 같지는 않았는데…."

스칼렛이 그렇게 중얼거릴 때, 아서가 재빨리 말을 가로챘다.

"할머니, 혹시 로라 라이언스 부인에 관한 뒷이야기 아시는 거 있나요? 왜, 결혼할 것처럼 군 스테이플턴에게 속아 넘어간 부인 있잖아요."

그러자 사라 할머니는 신이 나서 이야기를 했다.

"잘 알지, 그럼. 그 소문을 듣고 프랭클랜드 영감이 무척 화가 나서 딸을 다시 집으로 끌고 갔어. 그동안 인연을 끊고 살았지만, 그냥 놔두면 더 말썽만 일으킬 거라고."

"불쌍한 딸이 속으로는 좀 안쓰러워서 그랬던 게 아닐까요?"

스칼렛이 묻자 할머니는 고개를 끄덕였다.

"그렇게 생각한 사람은 아무도 없었지만, 내가 이 나이가 되니까 그랬을 것도 같다는 생각이 들어. 아무리 마음에 안 들어도 자식은 자식이니까. 어휴, 우리 손자 녀석은 어디 있는지…."

잠시 할머니 눈에 눈물이 글썽거렸다. 할머니는 눈시울을 훔친 뒤 말을 이었다.

"사람 마음이란 게 참 묘해. 스테이플턴이 나쁜 놈이란 게 다 드러났는데도, 라이언스 부인은 그를 못 잊어 했다는구먼. 아마 평생 자기한테 그만큼 잘해 준 사람이 없어서였을 거야."

문득 스칼렛은 의뢰인과 나눈 이야기가 떠올랐다.

의뢰인은 흥분된 목소리로 이렇게 주장했다.

"좋아요. 그쯤 해 두고요. 홈스가 라이언스 부인의 증언을 듣는, 아니 부인을 취조하는 장면을 보자고요. 홈스는 전형적인 취조 방식을 쓰지요. 일단 스테이플턴이 유부남이라는 충격적인 소식을 전했지요. 그리고 부인에게 마음을 추스를 시간을 주지 않고 곧바로 강하게 다그쳐서 실토하게 만들었어요. 부인 스스로 사정을 설명할 기회를 아예 막아

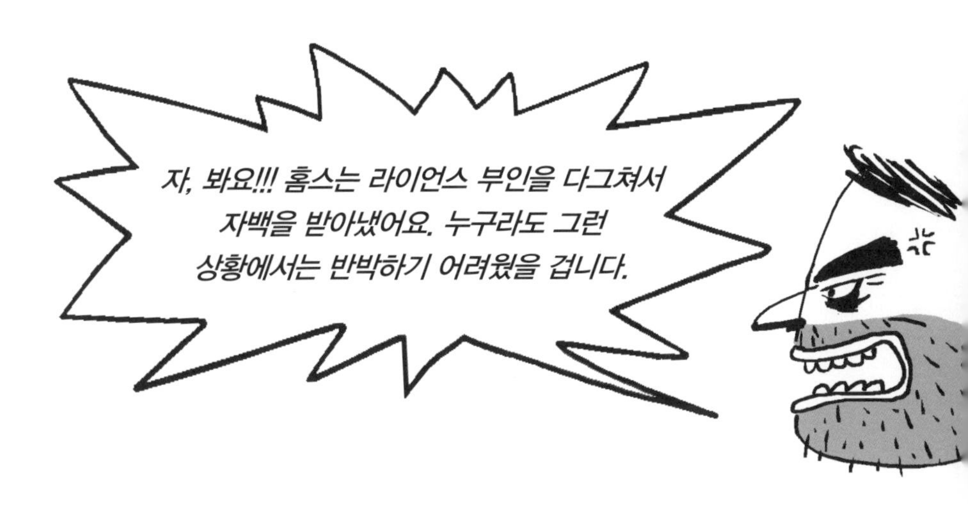

버렸죠. 스테이플턴이 편지를 쓰자고 했지요? 스테이플턴이 찰스 경에게 돈을 빌리자고 했지요? 스테이플턴이 약속 장소에 가지 말라고 했지요? 스테이플턴이 입을 다물라고 했지요? 하는 식으로 질문을 해 댔어요. 자, 이런 상황에서 부인이 차분하고 냉정하게 판단을 할 수 있었을까요?"

솔직히 홈스가 그런 면도 없지는 않았다. 홈스는 라이언스 부인과 이렇게 대화를 나누었다.

"솔직히 말씀드리지요. 우리는 경의 죽음이 살인 사건이라고 봅니다. 그리고 우리가 수집한 증거에 따르면, 이 사건에는 부인의 친구 스테이플턴 씨와 그의 아내가 연루되어 있는 듯합니다."

라이언스 부인은 놀라서 벌떡 일어났다.

"스테이플턴 씨 아내라고요?"

"이젠 비밀도 아니지요. 누이라고 하는 여성이 바로 스테이플턴 씨의 아내입니다."

부인은 털썩 주저앉았다. 그러더니 손톱이 새하얗게 변할 정도로 팔걸이를 꽉 움켜쥐었다.

"아내라고요? 그럴 리가요. 그분에게는 아내가 없어요!"

그녀는 눈을 부릅뜨고서 소리쳤다.

"증거를 대세요! 증거를 대라고요!"

홈스는 주머니에서 서류를 꺼냈다. 두 사람이 요크에서 사립 학교를 운영했다는 진술서와 뒷면에 부부라고 적혀 있는 4년 전의 사진이었다. 서류를 뚫어져라 살펴본 라이언스 부인은 굳은 표정으로 말했다.

"이 남자는 내가 남편과 이혼하면 나와 혼인하겠다고 했어요. 이제 보니 모든 게 다 거짓말이었어요. 나를 이용한 거였군요. 그런데 왜 내게 그런 짓을 했을까요? 맙소사. 이제 신의를 지킬 이유가 없어졌네요. 뭐든 물어보세요. 다 털어놓을게요. 한 가지 말씀드리고 싶은 것은 그 편지를 쓸 때 찰스 경에게 해가 되리라고는 전혀 생각도 못했다는 겁니다. 맹세해요. 제게 큰 도움을 주신 분께 제가 왜 그랬겠어요."

홈스는 부인의 말을 믿는다고 하면서, 다시 떠올리기가 힘들 테니 사실만 확인해 달라고 했다.

"스테이플턴 씨가 편지를 쓰라고 권했나요?"

"네, 편지 내용을 불러 주었어요."

"그가 이혼 절차를 밟기 위한 비용을 찰스 경에게 부탁하자고 주장했나요?"

"예."

"그런데 막상 편지를 부치고 나니, 약속 장소에 나가지 말라고 말렸지요?"

"그런 일에 돈을 빌린다는 것이 자존심이 상한다고 했어요. 자신이 가

난하지만 마지막 한 푼까지도 털어서 우리의 결합을 막는 장애물을 없애겠다고 했지요."

"하지만 신문에서 찰스 경의 사망 기사를 볼 때까지, 그에게 아무 얘기도 못 들었고요?"

"예."

"그 뒤에 스테이플턴 씨는 부인에게 편지에 관해 입을 다물라고 했겠지요?"

"네, 경의 죽음에 관해 설명되지 않는 부분이 많으니까, 그 이야기를 하면 내가 의심을 살 거라고 했어요."

"알겠습니다. 하지만 스테이플턴 씨를 의심하지는 않았나요?"

부인은 머뭇거리다가 고개를 떨구었다.

그때 아서는 의뢰인에게 반문했다.

"라이언스 부인의 증언대로라면 오히려 스테이플턴이 모든 범행을 주관한 인물 같은데요? 선생님의 추리와 어긋나지 않습니까? 어떻게 생각하시나요? 차분하게 판단한다고 해서 달라질 게 뭐가 있겠어요? 스테이플턴이 유부남이면서 결혼할 것처럼 라이언스 부인을 농락했다는 건 분명하잖아요?"

의뢰인은 손을 내저었다.

"아니지요. 여기서 홈스가 라이언스 부인에게 스테이플턴이 혼인을 빙자하여 자신을 농락한 파렴치한 악당이자 살인자라는 강렬한 인상을 심어 주었다는 점을 주목해야 합니다. 왜 그런 사례가 흔하잖아요? 수사를 받을 때에는 자기가 다 했다고 자백했다가도 법정에 가면 안 했다고 부정하는 사람들이 종종 있지요. 물론 실제로 범인이면서 일단 잡아떼고 보는 사람도 있겠지만요. 수사를 받을 때에는 애인이 자신을 배신했다는 생각에 자포자기해서 말했다가, 나중에 그것이 오해였다는 사실

설사 홈스가 다그쳤다 해도
스테이플턴이 유부남이고 라이언스 부인을
속였다는 건 분명하잖아요?

을 깨닫고 말을 바꾸는 사람도 드물지 않죠. 이 사건에서도 충분히 그럴 수 있어요."

"아니, 스테이플턴이 유부남이고 라이언스 부인을 속였다는 사실이 바뀐다고요?"

스칼렛이 목청을 높이자 의뢰인은 인상을 썼다.

"두 분 다 말귀를 못 알아들으시네요. 그게 아니라 스테이플턴이 진심이었을 수도 있다는 겁니다. 라이언스 부인이 남편과 이혼을 하면 자신도 이혼하고 둘이 재혼을 할 마음을 먹었을지도 모르지요."

스칼렛과 아서는 어처구니없다는 표정을 지었다. 아서가 물었다.

"선생님이야말로 지나치게 편견에 사로잡힌 게 아닐까요? 스테이플턴이 범인이 아니라는 관점에서 모든 것을 끼워 맞추려고 무리하는 것 같습니다만…."

"천만에요. 스테이플턴 부인이 주범이고, 남편을 압박해서 모든 계획

아니지요. 스테이플턴이 라이언스 부인과 재혼할 마음이었을 수도 있어요.

을 꾸몄다면 얼마든지 가능한 이야기이지요. 악처에 시달리던 스테이플턴이 딱하고 가여운 라이언스 부인을 돕다가 애정을 느꼈을 수도 있잖아요? 그래서 진심으로 도우려 한 것일 수도 있고요. 홈스가 다그치지 않았다면 라이언스 부인은 좀 더 차분하게 상황을 파악했을 수도 있어요. 그리고 스테이플턴의 말을 직접 들어 보겠다고 했을지도 모르지요. 당사자의 말도 듣고서 판단하는 것이 옳지 않나요? 스테이플턴이 뭐라고 변명, 아니 해명을 하는지 들어 봐야 하는 것이 아닐까요?"

기억을 떠올리다가 스칼렛은 저도 모르게 고개를 절레절레 저었다. 왠지 점점 의뢰인의 주장에 넘어가는 듯한 기분이 들었다. 그러다가 아서와 사라 할머니가 빤히 쳐다보는 것을 보고 재빨리 말을 돌렸다.

"그런데 혹시 라이언스 부인은 스테이플턴이 안 죽고 살아 있다고 생각하지 않았을까요?"

그러자 할머니는 깜짝 놀라는 표정을 지었다.

"어? 족집게네! 처녀는 미스터리 탐정 드라마에 딱 어울릴 것 같아. 맞아. 그 때문에 우리 헨리 할아버지도 라이언스 부인을 아주 싫어했어. 부인이 술이 좀 들어가기만 하면, 스테이플턴이 억울한 누명을 쓰고 남미로 달아났다고 주정을 부렸거든. 언젠가는 당당하게 돌아올 거라고 하면서 말이야."

할머니는 다시 은근한 목소리로 말했다.

"그거 알아? 왜 배리모어 집사 부부가 탈옥수를 남미로 밀항시키려고 배까지 다 수배를 해 놓았잖아? 그 밀항선의 선장은 탈옥수가 죽은 줄 몰랐대. 그래서 스테이플턴이 탈옥수 행세를 하고 그 배를 타고 갔다는 거야."

"증거는 있대요?"

아서가 다급하게 묻자 할머니는 고개를 저었다.

"어휴, 그런 게 어디 있어. 다 헛소문이지. 이 동네 사람들은 그런 소문을 무척 좋아한다니까. 바스커빌가의 저주 이야기도 그래. 우리 아들이 교통사고로 죽었을 때에도, 저주 때문이라고 수군거린 사람들이 있었다니까. 행방이 묘연한 우리 손자도. 어휴…."

사라 할머니는 말을 잇지 못했다. 잠시 뒤, 할머니는 두 사람에게 자고 가라고 손님방으로 안내해 주었다. 아서와 스칼렛은 작은 탁자 앞에 앉아서 잠시 이야기를 나누었다.

"왠지 상황이 우리의 분석과 다르게 흘러가는 것 같아."

스칼렛이 기운 없는 목소리로 말하자, 아서는 고개를 저었다.

"라이언스 부인 이야기 때문에 그런 것일 뿐이야. 편견 때문에 심하게 왜곡된 이야기이니까 감안해서 들어야지."

"그래도…."

"기운 내. 우리 조사는 아직 끝나지 않았어. 내일은 그림펜 늪을 둘러

보자고. 원하는 단서를 얻을 수 있을지도 몰라."

"그래, 긍정적으로 생각을 해야지."

아서가 자기 방으로 가자마자, 스칼렛은 피곤이 밀려오는 것을 느꼈다. 그녀는 곧바로 잠에 빠져들었다. 반면에 아서는 잠이 오지 않았다. 스칼렛에게 기운을 내라고 말하긴 했지만, 사실 자신도 불안하기 그지없었다.

"이러다가 정말로 홈스의 수사에 허점이 있었다고 발표해야 하는 게 아닐까…."

그렇게 중얼거리면서, 아서는 책을 꺼냈다. 혹시나 무언가 놓친 것이 있지 않을까 하는 마음에서였다. 그는 스테이플턴의 살인 계획이 나오는 대목을 찾아서 읽기 시작했다.

"스테이플턴의 목표는 무엇인가?"

홈스는 착 가라앉은 목소리로 대답했다.

"왓슨, 그것은 살인이라네. 치밀하게 계획한 무시무시한 살인. 자세한 것은 묻지 말게. 그자가 헨리 경에게 그물을 치는 동안, 내 그물은 그자를 향해 점점 좁혀 들고 있으니까."

내가 뭘 놓치고 있지?

완벽한 논리를 전개하기란 쉽지 않다. 치밀하게 논리적으로 증명하는 일을 하는 천재적인 수학자도 때로는 자기 논리의 허점을 놓치곤 한다. 삼각형의 내각의 합이 180도라는 유클리드 기하학이 공 표면에 삼각형을 그렸을 때(비유클리드 기하학)에는 들어맞지 않는다는 뻔한 사실을 수천 년 동안 알아차리지 못한 것이 대표적이다.

놓치는 이유는 여러 가지이다.

첫째, 대대로 진리라고 여겨 온 것을 굳게 믿기 때문이다. 유클리드 기하학처럼 오랜 세월 진리라고 굳게 믿어 온 것을 버리기란 쉽지 않다. 그 원리에 어긋나는 사례가 나타나도, 그저 착각이거나 사소한 오류라고 치부하고 넘어가게 마련이다.

"화성이 뒤로 가기도 한다고?"

"괜찮아. 천동설은 진리야. 조금만 생각하면 얼마든지 그 원리에 끼워 맞출 수 있어."

진리라고 믿었던 그 원리를 의심하고서야, 과학자들은 화성과 지구가 태양의 주위를 돈다는 것을 알아차렸다.

둘째, 고정 관념을 벗어나지 못하기 때문이다. 에드거 앨런 포의 『도둑맞은 편지』는 그런 허점을 활용한 추리 소설이다.

"중요한 편지라면 따로 보관하지 않겠어? 설마 아무렇게나 다른 편지들과 함께 두겠어?"

그런 고정 관념 때문에 중요한 편지가 빤히 보이는 곳에 놓여 있는데도 알아차리지 못한다.

셋째, 뭔가를 잘못 기억하고 있기 때문이다. 우리의 기억은 완벽하지 않다. 때로는 잘못 기억해 놓고도 알아차리지 못한다. 휴대 전화를 화장실에 두었는데도, 책상에 올려놓았다고 잘못 기억하고서 책상 주변만 뒤진다.

넷째, 무언가가 없다는 사실을 깨닫지 못하기 때문이다. 「명마 실버 블레이즈」 사건에서 홈스는 밤에 개가 짖지 않았다는 사실에 주목했다. 남들은 개가 짖지 않았다는 사실을 당연하게 여겼지만, 홈스는 그게 바로 이상한 점임을 알아차렸다. 도둑을 맞았는데 지키는 개가 짖지 않았다는 것은 개가 알고 있는 사람이 범인이라는 의미가 된다.

스테이플턴과 사냥개의 정체

스테이플턴과 이미 마주쳤기에 홈스는 혼자 숨어 있을 이유가 없어졌다. 그래서 왓슨과 함께 바스커빌관으로 갔다. 홈스는 헨리 경과 저녁 식사를 하면서 탈옥수가 죽었다는 소식을 전했다. 그리고 사건을 어떻게 해결할지 이야기를 나누다가, 갑자기 홈스는 말을 멈추고는 건너편 벽을 뚫어지게 바라보았다.

헨리 경과 왓슨은 무슨 일이냐고 물었다. 홈스는 솟구치는 강렬한 감정을 억누르는 듯한 태도로 말했다.

"아, 초상화를 감상하느라 잠시 실례했습니다. 이 기사는 누굽니까? 레이스가 달린 검은 벨벳 옷을 입은 분은요?"

홈스가 한 초상화를 가리키자 헨리 경이 말했다.

"아, 저 사람이 바로 그 악당 휴고입니다. 바스커빌가의 사냥개를 불러낸, 모든 재앙의 근원인 인물이지요."

"조용하고 순해 보이네요. 하지만 저 눈에는 악마가 숨어 있군요. 사실 나는 휴고가 더 건장하고 흉악한 모습일 거라고 상상했어요."

"실물을 그린 것이 분명해요. 캔버스 뒤에 이름과 날짜가 적혀 있거든요."

식사하는 내내 홈스는 그 초상화에서 눈을 떼지 못했다. 식사 후 헨리 경이 자기 방으로 가자, 홈스는 촛불을 높이 들어서 초상화를 비추었다.

"어떤가, 왓슨! 뭔가 특이한 점이 보이지 않나?"

깃털을 꽂은 챙 넓은 모자, 이마 위로 늘어뜨린 곱슬머리, 하얀 레이스 칼라, 냉정한 표정의 얼굴이 드러났다. 잔인한 악당 같은 인상은 아니었지만 얇은 입술을 꼭 다문 얼굴은 성깔 있어 보였고, 눈빛도 몹시 차가웠다.

"자네가 아는 사람과 비슷해 보이지 않나?"

"턱이 헨리 경과 좀 비슷한 것 같은데?"

"그렇게 볼 수도 있지. 잠깐 기다려 보게."

홈스는 의자를 밟고 올라섰다. 그는 왼손으로 촛불을 들고 오른팔을 구부려서 모자와 늘어진 머리카락을 가렸다.

"맙소사, 이게 누구야!"

왓슨이 깜짝 놀라 소리쳤다.

거기에 있는 것은 스테이플턴의 얼굴이었다.

"이제 알아차렸군. 나는 장식을 빼고 사람의 얼굴을 관찰하는 훈련을 했지. 변장을 꿰뚫어 보아야 하는 수사관이라면 제일 먼저 갈고 닦아야 할 능력이지."

“정말 놀라워. 스테이플턴의 초상화라고 해도 믿겠어.”

“맞아. 그렇다면 외모뿐 아니라 정신적인 측면에서도 격세 유전이 이루어진 흥미로운 사례군. 한 가문의 초상화를 연구하다 보면 저절로 환생 이론을 믿게 돼. 스테이플턴은 바스커빌가의 후손임이 분명해.”

“심성까지 대물림 받았군.”

“맞아. 이 그림 덕분에 가장 찾기 힘든 연결 고리를 확보했어. 이제 그자를 우리 손아귀에 넣은 셈이야. 내일 밤까지는 자기가 휘두르는 포충망에 걸린 나비처럼 우리가 쳐 놓은 그물에 걸려들 거야.”

다음 날 헨리 경은 스테이플턴의 집에서 저녁 식사를 할 예정이었다. 홈스와 왓슨은 스테이플턴이 바로 그 기회를 틈타서 살인을 저지를 계획이라고 판단했다. 스테이플턴이 계획을 바꾸지 않도록 해야 했다.

“헨리 경, 죄송하지만 혼자 가셔야겠습니다. 왓슨과 저는 런던에 일이 있어서요.”

홈스의 말에 헨리 경의 표정이 어두워졌다. 홈스는 덧붙였다.

“무조건 제 말을 믿고 따르셔야 합니다. 우리도 함께 오고 싶었지만, 급한 일이 생겨서 런던으로 갔다고 스테이플턴 씨에게 전해 주세요.”

홈스와 왓슨은 헨리 경에게 그렇게 믿게 한 뒤, 기차역으로 갔다. 물론 런던으로 떠나기 위해서는 아니었다. 대신 기차가 도착했을 때, 불도그처럼 강인하게 생긴 사람이 내렸다. 바로 레스트레이드 경감이었다.

“무슨 좋은 일이 있나요?”

“수년 만의 대사건입니다.”

홈스가 말했다. 세 사람은 저녁 식사를 한 뒤, 최종 행동에 돌입했다.

하지만 홈스는 아직 세부적인 계획에 대해서 말하지 않았고, 왓슨과 경감은 추측만 할 뿐이었다. 그들은 바스커빌관 정문 앞에서 마차를 돌려보낸 뒤, 메리피트관을 향해 걷기 시작했다. 스테이플턴의 집에서 200미터쯤 떨어진 곳에 이르자, 왓슨이 먼저 정찰을 위해 집까지 살금살금 걸어갔다. 그는 담 밑을 기어서 커튼이 걷혀 식당 안이 보이는 곳까지 갔다.

안을 들여다보니 헨리 경과 스테이플턴만 원탁에 앉아 있었다. 탁자에는 커피와 포도주가 놓여 있었다. 스테이플턴은 신이 나서 떠들고 있었지만, 경은 멍한 표정이었다. 왓슨은 살그머니 동료들이 있는 곳으로 돌아왔다.

“스테이플턴 부인이 없다고?”

“그래.”

“어디 있을까? 식당 외에는 불 켜진 방이 없는데?”

그러는 사이에 그림펜 늪지 쪽에서 안개가 밀려오기 시작했다. 홈스는 안개 때문에 계획이 엉망이 될까 봐 조바심을 냈다.

“벌써 열 시군. 안개가 덮치기 전에 경이 나와야 할 텐데. 이 작전의 성공뿐 아니라 경의 목숨까지도 경이 언제 나오느냐에 달려 있어.”

초조하게 기다리는 가운데 이윽고 안개가 자욱해졌다. 어느새 안개가 집을 뒤덮었고, 2층과 지붕만이 보였다. 마치 어슴푸레한 바다에 떠 있는 이상한 배처럼 보였다. 홈스는 초조하게 발을 굴렀다.

"30분이 지나면 눈앞에 있는 우리 손도 보이지 않겠어."

"좀 더 높은 곳으로 물러나는 것이 어떨까?"

그들은 집에서 800미터쯤 떨어진, 안개가 없는 곳까지 물러났다.

"너무 멀리 왔어. 헨리 경이 여기까지 오기 전에 공격당하면 안 되는데…."

홈스는 땅에 귀를 갖다 댔다.

"다행이군. 경이 오는 소리가 들리는 것 같아."

고요한 가운데 발자국 소리가 울려 퍼졌다. 발자국이 점점 가까워졌다. 경은 갑자기 안개가 걷힌 곳이 나오자 깜짝 놀라 두리번거렸다. 그리고 세 사람이 숨은 곳을 지나 비탈길을 오르기 시작했다.

"쉿!"

홈스는 나직이 외쳤다. 이어서 권총을 장전하는 소리가 들렸다.

"저길 봐! 온다!"

안개 속 어딘가에서 약하게 발자국 소리가 계속 들려왔다. 안개는 그들 앞 50미터까지 뒤덮고 있었다. 세 사람은 물끄러미 안개를 응시하고 있었다. 그러다가 왓슨이 홈스의 얼굴을 흘깃 쳐다본 순간, 갑자기 홈스의 두 눈이 뚫어지게 앞을 향하더니 그의 입이 쩍 벌어졌다. 레스트레이드는 공포에 질려 비명을 지르면서 바닥에 얼굴을 처박았다. 왓슨은 자신도 모르게 벌떡 일어섰다. 안개 속에서 무시무시한 존재가 불쑥 모습을 드러냈다.

그것은 석탄처럼 새까만 거대한 사냥개였다. 어느 누구도 보지 못했을 무시무시한 모습이었다. 쩍 벌린 입에서는 불꽃을 뿜고 있었고, 두 눈은 광휘로 희번덕거리고 있었다. 주둥이와 목덜미와 턱에서는 불꽃이 이글이글거리고 있었다. 기괴하기 그지없는, 꿈에서조차 볼 수 없을 야만적이고 끔찍하고 소름 끼치는 시꺼멓고 무시무시한 얼굴을 한 사냥개였다.

그 거대한 짐승은 헨리 경의 발자국을 뒤쫓고 있었다. 셋은 무시무시한 모습에 얼어붙은 나머지, 사냥개가 그들 앞을 지나갈 때까지 꼼짝도 못하고 있었다. 그러다가 정신을 차린 홈스와 왓슨은 동시에 총을 쐈다. 사냥개는 소름 끼치게 울부짖었다. 적어도 한 발은 맞은 모양이었다. 하지만 사냥개는 멈추지 않고 계속 달렸다. 저 앞에서 헨리 경이 뒤를 돌아보는 모습이 보였다. 달빛 아래 하얗게 질린 그의 얼굴이 나타났다.

하지만 사냥개가 고통스럽게 울부짖는 소리를 듣는 순간, 셋을 사로잡은 공포는 곧바로 사라졌다. 상처를 입힐 수 있다면 죽일 수도 있지 않겠는가? 그날 밤 홈스는 그 어느 누구보다도 빠르게 내달렸다. 왓슨이 도저히 따라가지 못할 속도였다. 헨리 경이 잇달아 내지르는 비명과 사냥개가 으르렁거리는 소리가 끊임없이 황무지에 울려 퍼졌다.

곧 사냥개가 경을 덮쳐서 넘어뜨린 뒤, 목을 물어뜯으려 하는 광경이 보였다. 바로 그때 홈스는 그 짐승의 옆구리를 향해 다섯 발을 연달아 쐈다. 사냥개는 고통에 겨워 울부짖으면서 허공을 한 번 덥석 물어뜯더니, 땅바닥에 굴러떨어져서 네 다리를 격렬하게 휘젓다가 축 늘어졌다. 왓슨이 헐떡거리며 다가가서 개의 머리에 총구를 갖다 댔다. 하지만 사냥개는 이미 숨이 끊어져 있었다.

경은 쓰러진 채 정신을 잃고 있었다. 다행히 목에는 아무 상처도 없었다. 레스트레이드가 경의 입속으로 브랜디를 흘려 넣자, 경은 눈을 뜨고서 겁에 질린 눈동자로 그들을 쳐다보았다.

“맙소사! 그게 뭐였나요?”

경이 속삭이자 홈스가 대답했다.

“무엇이든 간에 죽었어요. 가문의 유령을 영원히 없앴습니다.”

덩치가 엄청난 무시무시한 사냥개가 그들 앞에 죽어 있었다. 순종은 아니었다. 블러드하운드와 마스티프 품종이 섞인 잡종 같아 보였다. 몸집이 암사자만 했다. 죽어 있는데도 거대한 턱에서는 푸르스름한 화염이 뚝뚝 떨어지는 듯했고, 깊이 자리한 잔혹한 두 눈의 가장자리에서는 불길이 일고 있었다. 왓슨이 빛이 나는 주둥이를 만져 보자 손가락에 무언가가 묻어났다.

“인이야.”

“교묘한 연출이군. 헨리 경, 이렇게 놀라게 한 데 대해 깊은 사과를 드립니다. 사냥개를 대비했지만, 이렇게 큰 녀석인 줄은 몰랐어요.”

"휴, 제 목숨을 구해 주셨잖아요."

경은 비틀거리며 일어났다. 홈스는 경을 바위에 앉혔다.

"경에게 더 이상 모험은 무리입니다. 여기서 기다리시면 나중에 집에 모셔다 드리겠습니다. 우리는 일을 마무리하러 가야 합니다. 지체할 시간이 없어요. 진상은 밝혀냈으니 범인만 잡으면 됩니다."

그들은 서둘러 스테이플턴의 집으로 향했다. 홈스가 말했다.

"놈이 집에 있을 가능성은 거의 없어. 총소리를 듣고 이미 상황을 알아차렸을 거야. 사냥개를 부르기 위해 뒤를 따라왔겠지. 아니, 지금쯤은 달아났을 거야. 하지만 집을 수색해서 확인하자고."

셋이 집 안으로 뛰어들자, 늙은 하인이 깜짝 놀랐다. 그들은 집 안을 샅샅이 수색했다. 예상한 대로 스테이플턴은 보이지 않았다. 그런데 2층의 방 중 하나가 문이 잠겨 있었다.

"안에 누가 있어요."

레스트레이드가 소리쳤다.

방 안에서 희미하게 신음 소리가 들렸다. 홈스는 구둣발로 방문을 차서 열었다. 안으로 뛰어든 그들은 깜짝 놀라서 잠시 멍하니 서 있어야 했다. 안은 자그마한 박물관이었다. 나방과 나비 표본이 들어 있는 유리 뚜껑 달린 상자가 온 방에 가득했다. 방 한가운데에 벌레 먹은 오래된 들보를 떠받치는 기둥이 하나 세워져 있었는데, 거기 누군가가 묶여 있었다. 온몸을 홑이불로 꽁꽁 감아 놓아서 남자인지 여자인지도 구별하기 어려웠다. 목은 수건으로 묶여 있었고, 얼굴 아래쪽도 수건으로 감싸여 있었다. 그 위로 슬픔과 부끄러움과 두려움이 뒤섞인 검은 눈동자가 그들을 바라보고 있었다.

입에 물린 재갈을 빼고 결박을 풀자, 스테이플턴 부인은 바닥에 주저앉았다. 그녀가 고개를 숙이자, 목에 난 채찍 자국이 선명하게 보였다. 홈스가 소리쳤다.

"짐승 같은 놈! 레스트레이드, 여기 브랜디 좀! 부인을 의자에 앉히게! 기절했어."

잠시 뒤 부인이 눈을 떴다.

"헨리 경은요? 무사한가요?"

"그렇습니다."

"개는요?"

"죽었습니다."

그녀는 길게 안도의 한숨을 내쉬었다.

"하느님, 감사합니다. 오, 그 악당! 그가 제게 무슨 짓을 했는지 한번 보세요!"

부인이 소매를 걷어 두 팔을 내밀자 그들은 경악했다. 팔이 온통 멍투성이였다.

"이건 아무것도 아니에요. 아무것도요! 그가 고문하고 모욕한 건 내 정신과 영혼이었어요. 그래도 그가 저를 사랑한다는 믿음이 있었기에,

그 모든 학대와 외로움과 기만을 견딜 수 있었어요. 하지만 이제 보니 저는 그의 꼭두각시이자 도구에 불과했던 거예요."

그녀는 격렬히 흐느꼈다. 홈스가 말했다.

"그를 어디에서 찾을 수 있는지 말해 주세요. 그의 사악한 행위를 도왔으니까, 우리를 돕는 것이 속죄하는 길입니다."

"그 인간이 달아날 곳이라고는 한군데밖에 없어요. 늪에 있는 섬의 오래된 주석 광산이에요. 거기에 개를 숨겨 놓았어요. 또 나중에 은신처로 쓸 수 있도록 모든 준비를 해 놓았어요. 도망쳤다면 거기로 갔을 거예요."

홈스는 등불을 창에 가져갔다. 밖은 온통 안개로 뒤덮여 있었다.

"보세요. 오늘 같은 밤에 그림펜 늪으로 들어갈 수 있는 사람은 아무도 없을 겁니다."

홈스가 말하자 부인은 깔깔거리면서 손뼉을 쳤다. 몹시 기뻐하면서 웃는 부인의 눈과 이가 반짝거렸다. 그녀는 소리쳤다.

"그 인간이 들어갈 수는 있어도 나올 수는 없을 거예요. 오늘 같은 밤에 길을 표시한 막대기를 어떻게 볼 수 있겠어요. 우리는 함께 막대기를 꽂아서 들어가는 길을 표시해 두었어요. 오늘 밤에 그것들을 뽑아낼 수만 있다면 좋을 텐데요. 그러면 그 인간은 꼼짝없이 잡힐 거예요."

안개가 걷힐 때까지는 수색이 불가능했다. 그들은 헨리 경을 집으로 데려가서 진실을 이야기해 주었다. 스테이플턴 양이 사실은 스테이플턴의 부인이라는 것도. 헨리 경은 의연하게 받아들이는 듯했지만, 그날 밤

앓아눕고 말았다.

다음 날 그들은 스테이플턴 부인의 안내로 늪지로 갔다. 골풀 사이로 막대기들이 꽂혀 있었다. 그들은 부인을 놔두고 막대기를 꽂아 표시한 곳을 따라 걸음을 옮겼다. 갈대가 무성했고 진흙투성이 수생 식물이 가득했다. 썩은 냄새와 유독 가스가 코를 찔렀다. 한 발짝만 잘못 디뎌도 허벅지까지 수렁에 빠지곤 했다. 디딜 때마다 진흙에 발이 빠져서 빼기가 힘들었다. 마치 사악한 무언가가 집요하게 그들을 늪 속으로 깊이 잡아당기는 듯한 느낌이었다.

중간에 진흙에 뒤덮인 시꺼먼 물체가 삐죽 솟아 있는 것이 보였다. 홈스는 허리까지 빠지면서 가서 그것을 건져 냈다. 왓슨과 경감이 끌어당기지 않았다면, 홈스는 두 번 다시 단단한 땅을 밟을 수 없었을 거다.

홈스가 건져 낸 것은 낡은 구두였다. 헨리 경이 호텔에서 잃어버린 거였다.

"스테이플턴이 도망가다가 던진 모양이군."

"맞아. 사냥개를 풀어놓기 전에 썼겠지. 그리고 사태를 파악하자마자 구두를 손에 들고 도망가다가 여기서 던진 것이 분명해. 그러니 여기까지는 왔다는 말이겠지."

그들은 그 이상은 알아내지 못했다. 섬에 도착해서 발자국을 찾아보았지만 어디에도 발자국은 없었다. 스테이플턴은 섬까지 오지 못한 것이 분명했다.

반드시 현장에 가 보아라

아서와 스칼렛은 그림펜 늪을 바라보고 있었다. 늪은 시커멓고 온갖 쓰레기와 오물로 덮여 있었다. 곳곳에서 거품이 부글거리고 있었고, 악취가 풍겼다. 스칼렛은 저도 모르게 코를 움켜쥐었다.

"책에 나온 것과 똑같아."

흐릿한 안개 사이로 저 멀리 섬이 하나 보였다. 그리고 막대기들이 늪에 군데군데 꽂혀 있는 게 보였다.

"저것들이 옛날 그 막대기일 리는 없겠지?"

아서가 묻자, 스칼렛이 사라 할머니에게 들은 이야기를 해 주었다.

"여기를 관광지로 만들려고 꽂아 놓은 거래. 옛날에 있던 그대로 섬으로 가는 길목에 막대기를 꽂아 놓았대. 문제는 늪이 너무 혐오스럽고 악취도 너무 심해서 아무도 들어갈 생각을 하지 않는다는 거지. 그래도 구경이라도 하라고 막대기는 해마다 갈아 준대. 악취와 온갖 벌레 때문에 아예 여기까지 오는 사람이 거의 없다는 게 문제지만."

"안타까운 일이네."

"뭐가? 사람들이 안 와서?"

스칼렛이 고개를 돌려 보니, 아서는 태블릿을 들여다보고 있었다.

"어제저녁에 시의회에서 투표를 했대. 늪지 개발에 시간이 걸리니까, 보건 위생을 생각하여 우선 물부터 빼기로 했대."

"언제 뺀대?"

"며칠 안에 할 것 같은데? 잠깐만 서 있어도 당장 빼고 싶어지네."

아서도 코를 찡그렸다. 둘은 잠시 코를 막고 서 있었다. 벗어나고 싶었지만 뭔가 미진한 느낌이 발목을 잡았다. 결국 스칼렛이 입을 열었다.

"여기까지 왔으니, 섬까지 건너가 봐야 하는 거 아냐?"

물론 스칼렛은 지저분한 늪에 신발 한 짝도 담그고 싶지 않았다. 사실 아서도 가슴까지 올라오는 고무장화를 차에 신고 오긴 했다. 하지만 도중에 악취에 질식해 죽을지 모른다는 생각이 들어서, 차마 들어갈 엄

두가 나지 않았다. 아서는 괜히 주변에 있는 돌멩이를 하나 집어서 늪에 던졌다. 늪이 거의 수렁에 가까운지 돌멩이는 천천히 가라앉았다.

그 광경을 지켜보던 아서의 머릿속에 무언가 떠올랐다.

"가만. 늪이 저만큼 끈적거린다면, 저 속은 완전히 혐기성일 거야! 그렇지?"

스칼렛은 무슨 뜬금없는 소리냐는 표정으로 쳐다보았다. 아서는 부연 설명을 했다.

"그러니까 이 늪에 빠진 동물들이 잘 썩지 않는다는 거야. 물속에 산소가 적어서 분해하는 생물들도 적거든. 게다가 이 늪은 물이 계속 고여 있어."

아서가 중얼거리면서 생각에 잠기는 듯하자, 스칼렛은 입을 다물었다. 아서가 뭔가 좋은 단서를 떠올릴지도 모를 일이었다. 레스트레이드 경위가 한 말도 생각났다.

'사건 현장 자료를 만 번 읽는 것보다 직접 현장에 가 보는 편이 훨씬 낫다니까. 현장 분위기라는 게 있어. 그걸 느끼는 거지. 그러면 새로운 뭔가가 떠오를 수도 있어. 아무도 알아차리지 못한 단서 같은 거. 명탐정 홈스도 종종 그랬잖아?'

지금 아서의 머릿속에 바로 그런 일이 벌어지고 있는 건가? 이윽고 아서가 입을 열었다.

"물을 빼면 여기가 서서히 말라붙을 거야. 그러면 진흙 속에 그동안 여기에 빠져 죽은 동물이나 사람의 뼈가 드러나겠지."

"설마 아직까지 남아 있겠어?"

"여긴 고인 물이란 말이야. 건기에도 완전히 말라붙지 않는대. 게다가 수렁이나 다름없으니까, 빠져 죽은 동물의 사체는 그대로 가라앉은 채 움직이지 않았을 거야. 그러니까 그곳을 파내면 고스란히 뼈를 얻을 수 있다는 거지."

스칼렛은 그제야 아서가 무슨 말을 하는지 깨달았다.

"스테이플턴의 뼈가 있는지 찾아보겠다고? 그게 가능해? 오랜 세월 여기에 빠져 죽은 사람이 한두 명이 아닐 텐데? 그걸 언제 다…."

"그렇지는 않을 거야. 빠져 죽은 동물이나 사람은 많았지만, 대부분 안쪽으로 멀리 들어가지 못하고 죽었을 거라고. 하지만 스테이플턴은 섬으로 들어가는 길을 알았으니까 중간까지는 들어갔을 거란 말이야. 게다가 막대기들이 있잖아? 저 주변만 파면 돼."

스칼렛은 고개를 저었다.

"비용이 많이 들 텐데…. 누가 하겠냐고."

그러자 아서는 지갑을 열어서 수표를 꺼냈다.

"이걸 쓰는 거지."

의뢰인에게 받은 수표였다.

"용도가 딱 맞잖아? 재수사를 해 달라고 받은 거니까. 뼈를 발굴하여

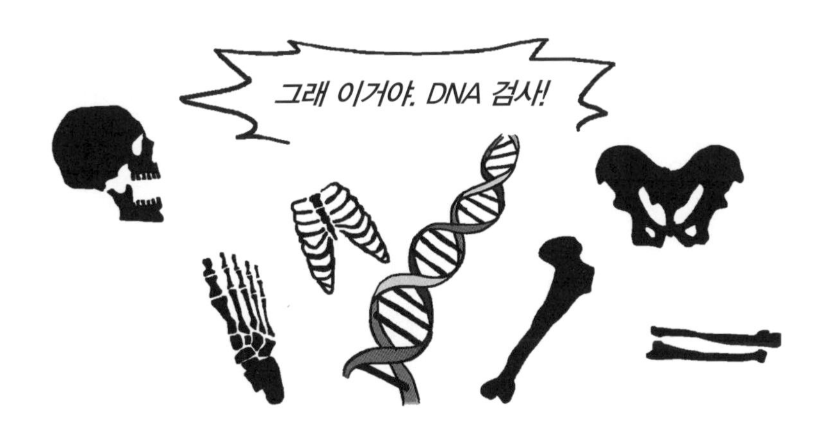

DNA 검사를 맡기는 거야. 어때?"

의욕이 넘쳐서 불타는 듯한 아서의 눈빛에, 스칼렛은 막 튀어나오려던 말을 삼켜야 했다. '우리 사무실 관리비는 어쩌냐고요.'

스칼렛이 사레가 들려서 캑캑거릴 때, 휴대 전화 벨이 울렸다. 아서에게 걸려 온 전화였다.

악취가 덜한 곳까지 가서 간신히 숨을 돌리고 온 스칼렛에게 아서가 말했다.

"레스트레이드 전화야. 내가 사라 할머니 손자가 어디에 있는지 좀 알아봐 달라고 부탁했거든. 경위가 출입국 관리소에 알아봤는데, 해외에 있지 않대."

"그럼…."

"두 달 전에 입국했대."

그 말에 스칼렛의 머릿속에 뭔가 떠올랐다.

"의뢰인이 입국한 시기와 비슷하잖아?"

"맞아. 경위가 좀 더 조사했더니, 두 사람이 같은 날짜에 들어왔대. 그리고 온 곳도 같아. 둘 다 코스타리카에서 입국했어."

스칼렛의 몸에 소름이 돋기 시작했다.

"그러면 손자는 어디로 갔다는 거야?"

스칼렛은 더 이상 코를 막지 않았다. 그녀의 이글거리는 눈이 안개 낀 섬을 향했다.

"왜 떠나기가 망설여졌는지 이제 알겠어. 아무래도 저 섬에 가 봐야겠어."

스칼렛은 아서를 돌아보며 말했다.

"황무지에서 들었던 비명 소리 기억나? 동물의 소리가 아니라, 분명히 사람의 소리였어. 혹시 스테이플턴의 후손이라는 의뢰인이 자기 선조와 똑같은 계획을 세운 것이 아닐까? 사라 할머니 유산을 가로채려고

말이야!"

점점 흥분하는 스칼렛과 달리 아서는 좀 차분해졌다.

"그렇게 보면 한 가지 문제가 생기는데…."

"뭐가?"

스칼렛이 눈을 부릅뜨고 반문하는 바람에 아서는 찔끔한 표정으로 말했다.

"의뢰인이 진짜 후손이라는 뜻이잖아. 그래야 손자가 죽었을 때 유산이 돌아갈 가능성이 있지 않겠어?"

스칼렛은 멈칫했다. 그리고 잠시 생각하는 기색이더니, 다시 눈을 부릅떴다.

"그 문제는 나중에 생각하기로 해. 난 당장 저 섬부터 확인해야겠어. 고무장화 꺼내 줘."

아서는 마지못해 자동차로 향했다. '저기 들어가면 한 달 동안 냄새가

짜잔, 이래 봬도 얼리 어답터라고!
드론을 띄우면 섬에 가지 않고도
조사할 수 있지.

가시지 않을 텐데.' 하고 속으로 구시렁거리면서.

자동차 트렁크 문을 연 순간, 아서의 눈에 상자가 하나 보였다.

"고무장화는?"

고무장화 대신에 상자를 하나 들고 온 아서를 보고 스칼렛이 물었다.

"더 좋은 게 있어. 짠! 드론이야."

물론 아서는 수사용이 아니라 취미용으로 샀다는 말은 하지 않았다. 아서는 이것저것 설정을 한 다음, 드론을 띄웠다.

"안개 때문에 흐릿하겠지만 그래도 섬을 조사할 수는 있을 거야."

아서의 태블릿에 드론 카메라의 영상이 나타났다. 쓰레기가 둥둥 떠 있는 늪을 지나자, 화면에 섬이 모습을 드러냈다.

"선조의 흉내를 내려 했다면, 옛 광부 사택을 이용했겠지?"

집들은 거의 다 무너진 상태였다. 아서는 흐릿한 가운데, 드론이 무언가에 부딪혀서 망가지지 않도록 조심스럽게 조종해야 했다.

“저기 뭔가 있어! 오른쪽으로 돌려!”

스칼렛이 소리쳤다. 거의 무너지기 직전의 지붕이 남아 있는 폐가가 보였다. 그 아래 누군가가 쓰러져 있는 모습이 보였다. 드론이 천천히 다가가자, 옆으로 쓰러져 있는 사람이 나타났다. 손이 뒤로 묶인 채였고 밧줄이 어딘가에 연결되어 있었다. 커다란 테이프가 입과 얼굴의 대부분을 가리고 있었다.

“살아 있어?”

“몰라. 움직이지 않아.”

그때였다. 갑자기 드론의 영상이 확 흔들리더니 사라져 버렸다.

“뭐야? 고장 난 거야?”

아서는 고개를 저었다.

“아니야. 누군가 부쉈어.”

아서는 서둘러 지역 경찰서에 전화를 했다. 20분 뒤 경찰이 왔다. 다

시 20분이 더 지난 뒤에야 공기부양정을 실은 트럭이 도착했다. 공기부양정을 내리고 이것저것 준비를 하는 데에도 시간이 걸렸다. 이윽고 섬에 도착했을 때는 한 시간이 훨씬 지나 있었다.

"없어. 그새 어디론가 데려갔나 봐."

망가진 드론만 한쪽에 처박혀 있었다.

늪 주변을 수색한 경찰은 반대편에서 버려진 공기부양정을 하나 발견했다. 칼로 난자해서 이미 반쯤 늪에 잠겨 있는 상태였다.

"물론 지문 따위는 남기지 않았겠지?"

스칼렛의 물음에 아서는 대답하지 않았다. 질문이 아니라 확인이라는 것을 알았으니까.

용의자와의 게임에서 이겨라

뻔뻔하게도, 아니면 급했는지 의뢰인은 전화를 걸어서, 어서 재수사의 결론을 내려 달라고 재촉했다. 다급해진 그들은 레스트레이드 경위를 불러서 대책 회의를 열었다.

"너희가 예상한 대로야. 지문 같은 건 전혀 남기지 않았어. 그러니 잡혀 있던 사람이 할머니 손자인지 여부도 알 수 없어. 물론 의뢰인이 했다는 증거도 전혀 없고."

경위의 말에 스칼렛이 분통을 터뜨렸다.

"모든 게 다 각본에 따라 진행됐다는 것을 뻔히 알면서도 증거가 없어서 못 잡다니, 이게 말이 돼? 게다가 우리 수사는 의뢰인의 의도대로 스테이플턴 부인이 범인일 가능성도 있다고 하지."

"내가 보기에 모든 문제는 스테이플턴의 죽음이 확인되지 않았다는 데에서 나오는 거야. 게다가 스테이플턴을 잡지 못했으니까 그가 정말로 모든 범죄를 계획하고 저질렀는지도 확인할 수 없고."

아서의 말에 경위도 동의했다.

"그래, 자백도 없지. 요즘 같으면 비싼 변호사를 고용해서 정말 무혐의로 풀려날지도 모르겠어. 더 큰 문제는 말이야…."

경위는 가방에서 서류를 꺼냈다.

"DNA 분석 결과, 우리 의뢰인이 바스커빌 가문 사람일 가능성이 높다고 나왔다는 거지."

"그렇다면 정말로 스테이플턴이 늪에 빠져 죽지 않고 달아난 걸까?"

"모르지. 늪에 잠겨 있던 유골 DNA 분석은 오래 걸릴 것 같대."

섬에 누군가 붙잡혀 있었다는 사실이 드러나자, 사라 할머니의 손자 실종과도 관련이 있을까 싶어서, 당국에서 늪에서 나온 유골들을 조사하기로 했다.

"그럼 거기에는 기댈 수 없다는 거네?"

아서가 다시 한숨을 쉬자, 경위가 말했다.

드론은 망가지고,
유골 DNA 분석도 시간이 걸리고,
의뢰인은 재촉하고, 어떻게 하나….

“자, 내가 보기에 너희는 할 만큼 했어. 늪에 누군가 잡혀 있다는 사실을 알아낸 것도 큰 수확이지.”

“어라? 웬일로 칭찬을 다 하네?”

스칼렛이 기뻐서 헤벌쭉 웃었다. 경위는 인상을 썼다.

“문제는 더 이상 시간이 없다는 거야. 그렇다면 지금까지의 단서와 증거를 갖고 용의자와 두뇌 싸움을 하는 수밖에 없어. 자백을 받아 내거나, 적어도 용의자의 입에서 범행을 저질렀음을 시사하는 말이 나오도록 해야 해.”

그 말에 아서와 스칼렛은 기가 팍 죽었다.

“말이 쉽지, 우리가 어떻게 하냐고.”

“이것도 탐정들이 으레 하는 일이야. 홈스를 생각해 봐. 홈스는 용의자에게 말할 때 진의를 숨겼어. 또 자신이 딴 데로 갔다고 속여서 용의자가 안전하다고 착각하게 만들기도 했어. 알면서도 모른 척하고 자백

을 받아 내기도 했지. 즉 탐정이란 용의자와 두뇌 게임도 벌여야 해. 서로 한발 앞서 나가기 위해 치밀하게 머리를 쓰고 계교를 부려야지. 너희는 둘이잖아? 머리를 맞대. 상대가 허점을 드러내게 해. 숨긴 범행 동기를 찾아내."

경위는 일어서면서 두 주먹을 불끈 쥐면서 말했다.

"그럼, 잘해 봐. 진짜 탐정처럼!"

"아니, 또 가 버리는 거야?"

"내가 맡은 사건이 한두 건인 줄 알아?"

경위는 퉁명스럽게 내뱉고 나갔다. 아서와 스칼렛은 멍하니 앉아 있었다. 잠시 뒤 아서가 중얼거렸다.

"뭔가 있겠지? 우리가 놓치고 있는 게."

그러자 스칼렛이 짜증을 내면서 내뱉었다.

"그래, 있겠지. 내 머리로는 알아차리지 못하는 게. 대체 이 인간은 왜

심증은 있으나 물증이 없다? 이제 용의자와
두뇌 게임을 벌일 차례야. 상대가 허점을 드러내게 해서
숨어 있는 범행 동기를 찾아내는 거야.

이런 짓을 하는 거지? 그냥 할머니 손자만 없애면 유산을 물려받는 거 아냐?"

그 말에 아서는 입을 쩍 벌렸다. 스칼렛은 그 표정을 보고 움찔했다.

"어, 그래. 내 말이 좀 심했지? 나도 모르게 그만 할머니 손자한테 그런 말을…."

"아니, 네 말이 맞아. 왜 이런 짓을 하는 거지? 쉬운 길을 놔두고 왜 이렇게 어려운 길을 택하는 걸까?"

아서의 뜬금없는 말에 스칼렛은 어리둥절했다. 잠시 생각하던 아서는 전화기를 꺼냈다.

"사라 할머니, 안녕하세요. 아서예요. 여쭤 볼 말이 있는데요."

잠시 뒤, 전화를 끊은 아서의 표정이 환해져 있었다.

"의뢰인이 왜 이런 소란을 피우는지 이유를 알아냈어!"

이야기를 듣고 나자 스칼렛도 밝은 표정이 되었다.

"갑자기 전략이 생각났어. 유골 DNA를 이용할 수도 있겠어!"

둘은 신이 나서 이런저런 대책을 세웠다. 어느새 저녁 먹을 시간이 지나고 있었다.

며칠 뒤, 의뢰인은 아무런 일도 없었다는 표정으로 들어왔다.

안락의자에 앉은 의뢰인은 대뜸 홈스의 수사가 잘못되었다고 투덜거렸다.

"재수사를 했으니 이제 아시겠지요? 홈스가 한 일이 어처구니없다는 생각이 들지 않습니까? 뜬금없이 살인이라니요? 스테이플턴이 여러 가지 의심스러운 행동을 한 것은 분명하지만, 그것을 살인과 연관 짓는 것이야말로 억측 아닙니까?"

"억측이 아니죠. 홈스는 찰스 경의 죽음, 헨리 경의 미행, 스테이플턴의 수상쩍은 행동을 종합적으로 검토해서 그런 판단을 내렸겠지요."

"홈스가 신이라도 됩니까? 몇 가지 단서를 그냥 죽 훑어본 것만으로

누가 살인을 저지른 건지 알 수 있다고요?"

어느새 의뢰인의 목소리가 날카로워졌다. 스칼렛은 의뢰인이 진정하기를 기다렸다가 차분한 어조로 말했다.

"감정이 격해져서 그런 말을 하신 거겠지요? 지금까지 한 말로 판단할 때 홈스를 우리보다 잘 아시는 것 같은데, 그렇다면 홈스가 명탐정이라는 사실을 부정할 순 없을 겁니다. 미궁에 빠질 뻔한 사건들까지 포함하여 홈스가 많은 어려운 사건들을 해결한 것은 분명하지 않나요? 설마 그것까지 부정하는 것은 아니겠지요?"

의뢰인은 잠시 어색한 표정을 짓다가 헛기침을 하면서 말했다.

"미안합니다. 좀 흥분했네요. 물론 홈스의 수사 능력을 부정하는 것은 아닙니다. 게다가 제가 문제 삼는 것은 오직 이 사건뿐이니까요. 홈스는 이 사건에서 유달리 감정적이고 비이성적인 모습을 보이고 있어요. 냉철한 추론 기계가 아니라 격한 감정을 드러내거든요. 뜬금없이 넘겨짚기도 하고요. 안 그렇습니까?"

"제가 보기에는 홈스의 태도보다는 책의 서술 방식에 따른 문제 같은데요? 홈스의 설명을 보면…."

그때 의뢰인이 말을 가로막았다.

"사건이 다 끝난 다음에 뭐라고 했는지는 관심 없어요. 지난 뒤에 되새길 때면 모든 일이 다 일관성 있게 보이지요. 또 사람의 뇌는 본래 어떤 단서든 엮어서 일관성을 띤 이야기로 만들어 기억하게 마련입니다. 그러다 보니 잘못 기억하는 일도 많고요. 홈스가 나중에 회고하면서 왓슨에게 들려주는 이야기는 믿을 게 못 됩니다. 자신이 상관없다고 여긴 단서들은 이미 잊었을 테고, 자신의 입맛에 맞는 증거들만 엮어서 일관성 있게 꾸민 이야기일 가능성이 높아요."

"그래도 자료는 있지요. 홈스는 적어 둔 기록을 토대로 회고를 했고, 그 조사 자료에는 스테이플턴 씨가 코스타리카에서 거액의 공금을 횡

령해서 달아났고, 서부 지역에서 큰 강도 사건을 저질렀고…."

"잠깐만요."

이번에는 의뢰인이 말을 끊었다.

"공금 횡령은 사기와 관련된 범죄이지요. 그 일은 스테이플턴이 저질렀다고 해도, 강도 사건은 아닙니다. 그건 증거가 없어요. 홈스는 증거도 없이 스테이플턴이 저질렀다고 단정한 겁니다."

아서는 고개를 끄덕였다.

"책을 보면 그렇지요. 홈스의 기록을 살펴보면, 그가 그렇게 추리한 이유가 나와 있겠지만요."

"홈스의 수사 기록은 사라지고 없으니까, 그 말은 하나마나죠. 지금은 홈스가 이 사건에서 너무 무리하게 넘겨짚었다는 이야기에 집중하자고요. 어때요, 제 말을 인정합니까?"

아서가 입을 꾹 다물고 있는 동안, 스칼렛은 경위가 한 말을 떠올렸다.

그래, 의뢰인이 하는 말에 욱해서
반박하다가는 말려들 수 있어.

'우리 의뢰인이 수사 기법도 꽤 아는 듯해. 초반에 온갖 증거와 자료를 들이대면서 정신을 못 차리게 만들었지. 자신도 모르게 실수로 뭔가를 불쑥 내뱉게 만드는 데에 좋지. 기존에 품었던 생각에 의심을 품게 하는 데에도 유용하고. 이미 당해 봤으니 알겠지만, 의뢰인이 하는 말에 욱해서 곧바로 반박하다가는 계속 지게 되어 있어. 자기 생각을 정리할 시간이 없으니까. 차분히 생각을 해. 머릿속으로 자료나 증거를 떠올려. 그런 다음에 차근차근 말을 해. 먼저 증거나 사례를 들어 설명을 해. 그렇게 시간을 들이면서 조금씩 내가 원하는 방향으로 이야기 흐름을 바꿔. 의뢰인이 홈스가 이 부분에서 실수를 했다는 말을 듣기 위해서 이야기를 끌어갈 때, 너희는 정말 탁월한 수사를 했다고 의뢰인이 인정하도록 만드는 쪽으로 이야기의 방향을 돌리는 거지. 너무 어렵나?'

스칼렛은 차분한 태도로 말을 시작했다.

"그러면 이 대목은 어떻게 생각하시나요? 홈스와 왓슨이 헨리 경에게

차근차근 증거나 사례를 들어 설명하는 거야.
그렇게 내가 원하는 방향으로 이야기를
끌고 가는 거야. 힘내자. 아자!

탈옥수의 죽음 소식을 전한 뒤, 저녁 식사를 할 때였어요. 홈스는 문득 벽에 걸려 있는 초상화들을 쳐다봅니다. 바스커빌가 선조들의 초상화가 죽 걸려 있었어요."

의뢰인은 이해가 잘 안된다는 투로 물었다.

"후손이 선조를 닮는 것은 당연하지 않나요? 아, 물론 심성까지 물려받는다는 것은 말도 안 되지요. 그렇다면 살인범의 후손들은 다 살인범이 된다는 말이나 다름없으니까요. 그 점에서 홈스는 비과학적…."

그때 아서가 다시 말을 가로막았다.

"외모가 유전된다는 일반론은 받아들이시는 거죠?"

의뢰인은 짜증이 난다는 투로 내뱉었다.

"그건 당연하지요. 자식이 부모를 안 닮고 누굴 닮겠습니까!"

아서는 고개를 끄덕이면서 별일 아니라는 투로 물었다.

"그렇지요. 그런데 선생님은 스테이플턴 씨를 전혀 안 닮은 것 같네요. 턱이 뾰족한 것이 아니라 넓은 편이고….”

그러자 갑자기 의뢰인은 당황해하는 기색이었다.

“아, 그건, 그건 말이지요. 제가 외가 쪽을 더 많이 닮아서요. 자, 그 이야기는 넘어가고요. 그래, 어떻게 생각하시나요?”

아서는 웃으면서 말했다.

“어떻게 생각하냐는 질문처럼 애매한 것도 없지요. 구체적으로 무언가를 가리키는 것이 아니니까. 상대방이 그 순간에 무슨 생각을 하고 있었는지를 간파하는 데에는 유용하겠지만요.”

그러자 의뢰인도 빙긋 웃으면서 아서를 쳐다보았다.

“이제 진짜 탐정이 된 것 같군요. 그래요, 어떻습니까? 스테이플턴이 정말로 범인이라고 나왔습니까?”

그 말에 아서는 빙긋 웃으면서, 탁자 위에 놓인 서류철을 펼쳤다.

“이야기를 나눌수록 선생님이 대단하다는 생각이 들어요. 모든 상황

에 대비하신 듯하니까요. 선생님에 비하면 한참 모자라지만, 저희도 최선을 다해 조사를 했어요. 죄송하게도 우리가 약속 시간을 좀 미루었지요? 몇 가지 조사할 게 있어서요. 실례지만 우리가 선생님 모르게 신원조회를 했어요."

의뢰인의 얼굴에 의혹이 어렸다. 아서는 개의치 않고 의뢰인에게 서류를 한 장 내밀었다.

"우선 사과의 말씀을 드립니다. 우리는 선생님의 정체를 의심했어요. 그런데 DNA 분석 결과를 보니 바스커빌 가문 사람이 맞더군요."

의뢰인은 서류를 흘깃 보면서, 애써 승리의 표정을 감추었다. 아서는 모른 척하고 서류를 몇 장 더 내밀었다. 의뢰인이 의아해하자 아서는 말을 이었다.

"그런데 말입니다. 그림펜 늪의 물을 다 뺐다는 이야기는 아시죠? 뉴스에 나지 않았지만, 물을 뺐더니 뼈가 무더기로 발견되었대요. 주로 오

래전에 빠져 죽은 동물들의 뼈였지요. 그런데 거기에 사람의 뼈도 섞여 있었대요. 게다가 빠져 죽은 지 얼마 안 되는 시신도 한 구 나왔답니다. 아, 섬에 누군가 묶여 있다가 사라진 사건도 있었다더군요. 경찰은 혹시 그 사람이 아닐까 추측했어요."

의뢰인은 무심하게 물었다.

"그런 안타까운 일이…. 누군지 확인했답니까?"

"그래서 경찰청에서 아예 유골들 전체 DNA를 분석하기로 했대요. 지금까지 행방불명된 이들 중 일부라도 신원이 밝혀질지 모르잖아요. 그래서 제가 런던 경찰청의 레스트레이드 경위에게 부탁을 했어요. 아, 맞습니다. 셜록 홈스와 함께 종종 수사를 했던 런던 경시청 레스트레이드 경감의 후손이에요. 거기 스테이플턴 씨의 유골도 있는지 확인해 달라고 했어요. 자기 증조부도 관여한 일이니까, 경위가 흔쾌히 도와주겠다고 하더군요. 그래서 사라 바스커빌 할머니의 DNA 시료도 건네 드렸지요."

의뢰인의 표정에 당황한 기색이 역력했다. 아서는 못 본 척 말을 계속했다.

"우리는 죽은 지 얼마 안 되는 시신이 혹시나 사라 할머니의 손자가 아닐까 생각했어요. 다행히 아니었어요. 그런데 오래된 유골 중 하나에서 놀라운 사실이 발견되었어요."

의뢰인이 입을 앙다무는 게 보였다.

"서류를 보면 아시겠지만, 오래된 유골이 사라 할머니의 DNA와 유사하다는 결과가 나온 거지요. 바스커빌 가문 사람들을 조사했더니, 그동안 늪에 빠져 죽은 사람은 없다더군요. 그렇다면 그 유골은 누구의 것일까요? 아무래도 우리 책에 등장하는 스테이플턴 씨의 것이라고 추리하는 편이 합리적이겠지요?"

물론 서류는 가짜였다. 어느새 의뢰인의 얼굴에 진땀이 흐르고 있었다.

"물론 아닐 수도 있어요. 선생님이 스테이플턴 씨의 후손이라고 하셨

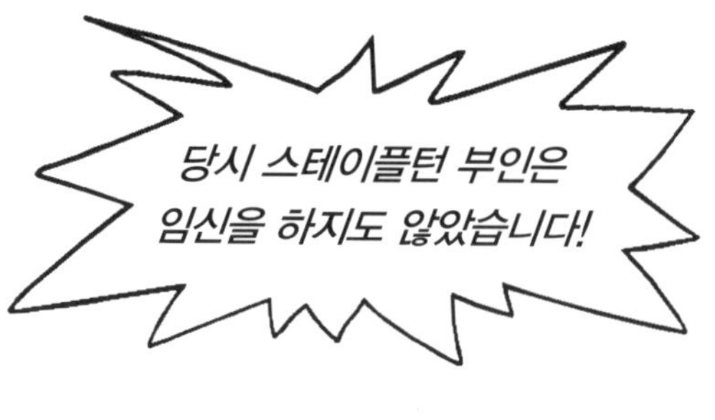

으니까, 스테이플턴이 오래전에 늪에 빠져 사망했다면 모순이 생기지 않겠습니까? 그래서 우리는 또 한 가지 가능성을 생각했어요. 혹시 당시에 스테이플턴 부인이 임신을 하고 있지 않았을까? 그럴 가능성도 있지 않겠어요?"

의뢰인이 빠르게 눈을 굴리는 모습이 들어왔다.

"마침 지난주에 레스트레이드 경위가 코스타리카로 휴가를 간다고 하더군요. 그래서 좀 부탁을 했어요. 알아보니 정말로 스테이플턴 부인이 코스타리카로 돌아갔다더군요. 원래 고향이 그곳이었으니까요. 부인은 그곳에서 자녀를 둘 낳았어요. 하지만 조사했더니 시기가 맞지 않았어요. 그곳에서 2년 뒤에 어느 지주와 재혼을 해서 낳은 자녀였으니까요."

그때였다. 의뢰인이 갑자기 벌떡 일어나더니 문으로 달려갔다. 하지만 벌컥 문을 열고 나가려던 의뢰인은 누군가에게 부딪혀서 다시 안으

로 나동그라지고 말았다. 이어서 건장한 체격의 남자가 들이닥쳤다.

"어이쿠, 죄송합니다. 다치지 않으셨나요? 저는 레스트레이드 경위라고 합니다."

경위는 의뢰인을 일으켜 세우면서 아서를 쳐다보았다. 아서가 고개를 끄덕이자 경위는 의뢰인의 팔을 끌고 와서 다시 의자에 앉혔다.

"와, 등장 인물의 후손들이 한자리에 다 모였네요! 물론 한 분은 진짜 후손이 아니지만요. 처음에 책을 놓고 간 건 의도적이었겠지요? 아마 손가락에 얇게 실리콘 같은 것을 바른 뒤, 거기에 사라 할머니의 손자에게서 얻은 지문을 묻혔을 테고요?"

그러자 경위가 들고 온 서류철을 탁 하고 탁자에 내려놓았다.

"지금 확인하고 오는 길입니다. 손자의 DNA와 동일하더군요. 지문은 교묘하게 손자의 것을 변형했더군요? 만일을 대비하여 아직 살려 두었겠지요?"

역시나 가짜 서류였지만, 의뢰인은 속아 넘어갔다. 의뢰인은 말문이 막히는 기색이더니 잠시 뒤에 인상을 쓰면서 내뱉었다.

"아무도 모르는 곳에 있지요. 한번 찾아보시죠?"

"그럴 예정입니다."

레스트레이드 경위는 의뢰인에게 수갑을 채웠다.

아서는 차분하게 덧붙였다.

"그런데 왜 명예 회복을 원할까 생각했어요. 그냥 스테이플턴 부부의 후손이라고 속여도 될 텐데요. 알고 보니 헨리 경이 가문의 유산 상속 규정을 마련했더군요. 가문에 해를 끼친 자와 그 후손은 결코 유산을 상속받을 수 없다고 정해 놓았어요. 혹독한 일을 당한 헨리 경으로서는 당연한 조치였겠지요. 그래서 선생님은 명예 회복을 원한 거고요."

이야기가 다 끝나자, 레스트레이드 경위는 의뢰인을 일으켜 세웠다. 고개를 숙이고 걷던 의뢰인은 문 앞에서 고개를 돌렸다.

"제가 이 계획을 어떻게 떠올렸는지는 아십니까?"

아서는 빙긋 웃으면서 대답했다.

"그것도 경위께서 다 조사했지요. 스테이플턴 부인의 후손과 어릴 때 한동네에서 사셨더군요. 그 후손도 행방불명이 된 것으로 알고 있습니다만."

그러자 의뢰인은 빙긋 웃으면서, 비밀을 털어놓듯이 나직하게 말했다.

"정말 자세히 조사했네요. 이제 진짜 탐정이라고 해도 되겠어요. 하지만 한 가지 말씀드릴까요? 스테이플턴 부부의 이야기를 전부 다 제가 꾸며 낸 건 아닙니다. 우리 동네에는 오래전부터 떠도는 소문이 하나 있었지요. 스테이플턴 부인이 숨을 거둘 때 지은 죄를 후회한다고 고백했다는 거지요. 찰스 경이라는 귀족이 남편의 가문을 부흥시켰다는 소식을 듣고서, 자신이 모든 계획을 꾸민 것이라고요. 진짜 재미있는 이야기 아닙니까?"

홈스는 프로파일러?

미국의 범죄 수사 드라마를 보면 프로파일러(범죄 심리 분석관)가 흔히 등장한다. 프로파일러는 범죄 현장에 남아 있는 단서와 증거를 토대로, 범인의 성격, 연령, 행동 특징 등을 추리하는 사람을 말한다. 그리고 프로파일러가 하는 일을 프로파일링, 범인의 성격 등을 기술한 자료를 프로파일(profile)이라고 한다. 우리 표준어로는 프로필이다. 즉 온라인 사이트에 가입했을 때 대문에 쩍 걸리는 인물 소개 내용을 가리키는 단어와 같다(영어 발음이 원래 '프로파일'이므로, 언젠가는 표준어가 프로파일로 바뀔 가능성도 있다).

프로파일링은 요새 말하는 빅데이터를 이용한다. 즉 지금까지 일어난 범죄에 관한 자료를 모두 입력한 뒤, 어떤 종류의 범죄를 주로 어떤 사람들이 저질렀는지 통계를 낸다. 그 통계 자료를 토대로 이 범죄는 이런 성격, 연령, 행동 특징을 지닌 사람이 저질렀을 가능성이 높다고 예측하는 것이다. 이 예측을 할 때 심리학과 행동 과학이 중요한 수단이 된다. 프로파일러는 범죄자의 심리나 행동을 유형별로 분석하여, 이 범죄를 어떤 사람이 저질렀을 가능성이 높다고 알려 주고, 용의자와 심리전을 펼쳐서 자백을 받아 내는 데에도 기여한다.

그렇다면 홈스는 뛰어난 프로파일러였을까? 유감스럽게도 홈스는 그쪽 방면과는 좀 거리가 멀다. 애거서 크리스티의 추리 소설에 나오는 명탐정 푸아로는 범인의 심리를 탁월하게 분석하여 자백을 받아 내곤 한다. 또 오늘날의 추리 소설이나 드라마는 대부분 수사관과 범인의 심리를 잘 묘사하며, 흥미진진한 심리전과 두뇌 싸움이 많은 부분을 차지한다.

하지만 홈스는 심리 분석에는 별 관심이 없었다. 그는 관련자들을 만나고 현장을 돌아다니면서 단서와 증거를 모으는 쪽에 더 관심이 있었다. 즉 범죄 증거들을 조합하여 퍼즐을 푸는 쪽이었다. 따라서 오늘날의 기준으로 보면, 범죄자의 심리보다는 과학 수사에 더 초점을 맞추었다고 할 수 있다. 범인의 심리 상태가 어떠했을지 고심하기보다는, 사망 이전과 이후에 난 상처가 어떻게 다른지 알아보기 위해 돼지 사체에 채찍질을 하던 사람이었다.

회고

"저 말이 사실일까?"

스칼렛은 닫힌 문을 멍하니 바라보고 있다가 물었다.

"글쎄. 뭐, 사건 의뢰 자체가 없던 일이 되었으니까."

아서는 그렇게 말하면서 서류를 정리했다.

하지만 둘은 이미 알고 있었다. 한번 생긴 호기심을 쉽사리 잠재우기는 어렵다는 것을.

스칼렛은 『바스커빌가의 개』를 펼쳤다.

"홈스가 회고하는 장에 스테이플턴 부인 이야기가 꽤 나와 있어. 홈스는 나중에 스테이플턴 부인과 두 차례 대화를 나누었다고 했지."

스칼렛은 책을 읽기 시작했다.

"이제 남은 부분은 스테이플턴 부인이 사건 전체에서 어떤 역할을 했나 하는 거야. 스테이플턴이 부인에게 영향력을 행사한 것은 분명해. 부

인이 남편을 사랑했기 때문에, 아니면 두려워했기 때문에 입을 다물고 있었는지는 모호해. 둘 다일 수도 있지. 아무튼 부인은 남편의 말에 따라 누이동생 행세를 했으니까.

하지만 스테이플턴은 헨리 경 살해 계획에 부인을 끼워 넣으려 하다가 실패했어. 오히려 부인은 남편의 눈을 피해 헨리 경에게 경고를 했지. 빨리 돌아가라고, 이곳에 있지 말라고. 또 왓슨을 헨리 경으로 잘못 알고 경고하기도 했고.

그러다가 스테이플턴은 헨리 경이 부인에게 청혼하는 광경을 보고 질투심에 사로잡힌 듯해. 물론 원래 계획에 있긴 했지만, 막상 직접 보니까 화가 났나 봐. 점잖은 척하지만 본래는 불같은 성격이었기 때문일 거야.

그래도 스테이플턴은 두 남녀의 관계가 발전하도록 놔두었어. 헨리 경이 자기 집에 자주 오도록 해서 기회를 잡으려고 한 거지. 마침내 기회가 왔어. 하지만 바로 그날, 부인이 갑자기 저항을 했어. 부인은 탈옥수가 죽었다는 소식을 듣고서 살인 계획을 눈치챘어. 게다가 헨리 경이 오기로 한 날, 남편이 사냥개를 헛간에 데려다 놓은 것을 알았지. 부인은 남편에게 무슨 짓을 저지르려고 하냐고 따졌고, 스테이플턴은 처음으로 아내에게 헨리 경을 사랑하는 것이 아니냐고 캐물었어. 둘은 심하게 다투었어. 남편을 믿던 그녀의 마음은 한순간에 극심한 증오심으로 바뀌었고, 그는 부인이 배신하리라는 것을 알아차렸어. 그래서 그는 그녀를 묶었지. 헨리 경에게 경고하지 못하게 말이야.

스테이플턴은 또 동네 사람들이 경의 죽음을 가문의 저주 탓으로 돌릴 거라고 생각했어. 실제로 그럴 가능성이 높았지. 그러고 나면 아내가 어쩔 수 없이 현실을 받아들이고 입을 다물 것이라고 기대했어. 하지만 이 점에서 그의 계산은 빗나간 거지.

게다가 설령 우리가 그 현장에 없었더라도, 그의 범죄는 폭로되었을

거야. 스페인계 여성은 그런 상처를 그렇게 쉽사리 용서하지 않거든."

다 듣고 난 아서는 한숨을 내쉬었다.

"휴, 판단하기가 쉽지 않네. 무엇보다도 부부 사이의 일이니까."

"그것만이 아니지. 한 명은 죽어서 말을 할 수 없고, 좋든 싫든 범죄 계획을 도운 나머지 한 명은 자신이 어쩔 수 없이 따랐을 뿐이라고 말해야 할 형편이었으니까. 게다가 나중에는 남편에게 반대하고 나서서 싸웠다고 말하면, 자신에게 더 유리할 게 아니겠어?"

아서는 고개를 끄덕였다.

"맞아. 사실 홈스가 회고한 내용에 따르면, 스테이플턴 부인에게는 아무런 죄가 없어. 찰스 경의 살인에 참여한 것도 아니었고, 헨리 경의 살해 음모에도 반대했지. 기껏해야 낌새를 눈치챘다는 것 말고는."

"헨리 경에게 경고를 하고 늪의 섬에서 사냥개를 키우는 것도 알고

있었으니까, 단순하게 몰랐다고 하기가 좀 그렇지 않나?"

"어휴, 그만 생각하자고. 생각하면 할수록 점점 더 의뢰인의 음모론에 휩쓸리는 것 같아."

아서는 고개를 저으면서 대뜸 서류철을 책상 아래 서랍에 집어넣고 열쇠로 잠갔다.

"누구나 그렇지. 그래서 음모를 획책할 때, 먼저 의심의 씨앗을 슬쩍 뿌리는 거 아니겠어? 의심이란 생각하면 할수록 눈덩이처럼 점점 더 커지기만 하니까."

스칼렛은 의자에 앉아 기지개를 펴면서 말했다.

"하긴, 그렇든 말든 이제 우리와 무관한 일이니까. 어때? 이 사건을 계기로 본격적으로 탐정 일을 해 볼까?"

그러자 아서는 고개를 저었다.

"아니! 이렇게 골치 아픈 일은 더 이상 하고 싶지 않아."

그때 전화벨이 울렸다. 스칼렛이 전화를 받았다.

"네, 홈스 탐정 사무소입니다."

곧이어 스칼렛은 손바닥으로 수화기를 막고서 말했다.

"어쩌지? 사건을 의뢰하고 싶다는데."

『바스커빌가의 개』, 원작이 말하는 범인은 진짜 범인인가?

김보일
배문고등학교 국어교사, 『국어 선생님의 과학으로 세상 읽기』 저자

아무리 완벽하게 짜인 텍스트라고 할지라도 어딘가가 허술한 틈이 있게 마련이다. 완결된 구조, 그래서 더 이상 말할 여지를 남기지 않는 텍스트는 박제화되고 더 이상 사람들의 입에 오르내리지 않는다. '누가 누구와 함께 행복하게 살았다더라.'라는 해피엔딩으로 이야기는 끝나지만 현실은 그리 단순하지가 않다. 해피엔딩 뒤에 어떤 불행이 도사리고 있을지 모른다. 이몽룡과 성춘향은 봉건적 세계관에 사로잡힌 세상 사람들의 시선을 의식하면서도 과연 행복한 결혼 생활을 했을까? 율도국의 왕이 된 홍길동은 과연 아무런 잡음 없이 율도국을 잘 다스렸을까? 우리의 상상력은 '끝' 이후를 알고 싶어 하고, 미진한 구석을 더 캐어 보려고 한다. 하지만 텍스트는 더 이상 말이 없다.

상상력은 텍스트의 침묵을 견디지 못한다. 이미 끝나 버린 이야기에 새

로운 것을 덧붙여 이야기를 되살려 내고 싶은 욕망이 상상력이다. 상상력이 작동되면 이야기의 원형이 왜곡될 수도 있고, 이야기에 살이 붙을 수도 있고, 때로는 이야기가 거꾸로 뒤집힐 수도 있다. 이야기는 이렇게 새롭게 비틀리고 뒤집히면서 시간 속에서 독자들과 함께 발전하고 진화해 간다.

『바스커빌가의 개와 추리 좀 하는 친구들』도 코넌 도일이 만들어 낸 이야기의 원형에 무엇인가를 새롭게 덧붙인 소설이다. 이야기의 원형은 코넌 도일의 대표작이라고 할 수 있는 『바스커빌가의 개』이다. 이미 코넌 도일의 『바스커빌가의 개』를 읽었다면 이 책을 좀 더 재밌게 읽을 수 있겠지만, 이 책 속에 충분히 소개되어 있으니 따로 원작을 구입해 읽어야 할 수고를 치르지 않아도 좋다.

작가 이한음은 코넌 도일의 원작으로부터 새로운 캐릭터를 발명해 낸다. 발명된 캐릭터는 아서 홈스와 스칼렛 왓슨이다. 원작의 주인공 셜록 홈스의 가상의 후손인 '아서 홈스'와 셜록 홈스의 파트너, 존 H. 왓슨 박사의 가상의 후손인 '스칼렛 왓슨'이 바로 그들이다. 셜록 홈스와 존 H. 왓슨 박사도 코넌 도일이 만들어 낸 허구적 인물이지만, 만약 그 인물들이 실재의 인물이었다고 가정하고 그들이 후손을 낳았다면, 있을 법한 가상의 인물이 이 소설을 이끌어 가는 주인공이다. 코넌 도일이 낳은 허구의 인물 셜록 홈스를 실재의 인물로 가정하면, 또 다른 허구의 인물 아서 홈스가 생겨난다.

이야기가 흥미를 끄는 것은 아서 홈스와 스칼렛 왓슨이 제 조상의 성씨만 물려받았을 뿐, 완벽하고 치밀함과는 다소 거리가 멀다는 점이다. 원작과 개작의 불일치, 바로 이 점이 이 책을 재미있게 읽는 방법의 하나, 이른바 '꿀팁'이다. 아서 홈스와 스칼렛 왓슨은 이러저런 사업을 하다 말아먹은 뒤 조상의 명성에 기대어 볼 요량으로 탐정 사무소를 내고, 그 입구에 기념품점을 따로 마련해, 그곳에서 엽서와 책자, 사진과 그림, 파이프와 모자 등 온갖 기념품을 판다. 또 무명 연극배우들을 고용하여 홈스와 왓슨이 해결한 여러 사건을 소재로 소규모 공연을 한다. 한마디로 아서 홈스와 스칼렛 왓슨은 일종의 캐릭터 장사꾼이다. 그런 그들에게 사건 의뢰가 들어온다. 사건 의뢰인은 『바스커빌가의 개』를 얼치기 탐정인 아서 홈스와 스칼렛 왓슨에게 내밀며 말한다. 책이 말하는 범인은 범인이 아니라고. 홈스와 왓슨이 엉뚱한 사람을 범인으로 몰고 갔다고. 아서 홈스와 스칼렛 왓슨은 긴장한다. 의뢰인의 주장대로라면 조상을 모욕하는 일이지만, 의뢰인의 요청을 거절한다면 탐정의 후손으로서 선조의 명성에 흠집을 내는 일이다.

이 책은 『바스커빌가의 개』에서 일어난 살인 사건의 범인으로 코넌 도일이 지목한 소설 속의 인물이 사실은 범인이 아닐 수도 있다는 가정 하에서 사건이 전개된다. 이미 다 끝난 이야기를 되살려 놓고 생뚱맞게 '뒷북'을 치는 이야기가 아닐 수 없다. 마치 심청이가 인당수에 빠지지 않았고, 이몽룡이 과거에 낙방했다는 식의 이야기가 아닐 수 없다. 그러나 저자는 이미 두툼하고 무게 있는 과학서들을 번역한 바 있으며, 과학 소설 「해부의 목적」으로 신춘문예에 당선된 이력을 가진 소위 '선수'이다. 이런 저자가 이야기를 함부로 왜곡하고 날조할 리가 없다. 이 책을 재미있게 읽는 방법은 '선수'라고 할 수 있는 개작자가 어떻게 원작을 비틀고 새롭게 해석했는지를 캐어 보는 것이다.

원작은 어딘가 미진하고 찜찜한 구석을 남긴다. 방비가 허술하면 찔린다는 것은 검술의 원리이자 탐정 소설의 원리이기도 하다. 이한음은 선수답게 바로 그 구석을 포착한다. 그 구석이 이야기가 새롭게 생성되는 지점이다. 코넌 도일의 원작에서는 범인이 잡히지도 않았고 범인의 자백도 없다. 원작에서 범인은 늪에 빠져 죽은 것으로 설정되어 있지만 빠져 죽는 광경을 목격한 사람도 없고 범인의 시체를 늪에서 인양했다는 이야기도 없다. 모든 것은 정황 증거에 불과하다. 바로 이런 원작의 허술함이 새롭게 이야기가 비집고 들어갈 틈을 남긴다.

원작의 개작자 이한음은 과감하게 이야기를 뒤집는다. 범인은 따로 있을 수 있다는 것이다. 그렇다면 원작의 설정은 무엇이란 말인가? 그것은 이야기를 그렇게 몰고 가고 싶었던 누군가의 음모라는 것이다. 그렇다면 특검을 하든 무엇을 하든 정확한 실상 파악을 위해 재조사에 들어가야 할 것 아닌가. 이 책은 바로 재조사에 얽힌 우여곡절이 전개되는 이야기이다. 사건을

원점으로 돌리고 모든 가능성을 다시 추적해 보는 추리 소설이자, 원작자의 추리력과 개작자의 추리력, 그리고 그것을 읽는 독자의 추리력이 함께 펼쳐지는 이야기이다.

원작에서 세팅된 설정을 그대로 따라가는 독서, 작자가 해석해 주는 세계를 그대로 받아들이는 수동적인 독서도 있겠지만 그보다 재미있는 독서는 작자의 의견과 해석에 이의를 제기하고 독자 나름대로의 의견을 설정해 보는 적극적인 독서이다. 작자의 의견과 독자의 의견 사이의 불일치와 간극이 독서의 공간에 긴장을 불러오지만 이 긴장이 없이는 창조적 해석과 이에 따르는 재미가 있을 수 없다.

이 책은 열린 태도를 요구하는 열린 텍스트이다. 저자의 의견에 맹종하거나 나의 주장을 배타적으로 주장하는 것은 열린 태도가 아니다. 내 사유의 힘으로 모든 가능성을 하나하나 짚어 보는 것이 열린 태도이다. 셜록 홈스가 틀렸을 수도 있고, 의뢰인이 틀렸을 수도 있다. 선입견을 버리고 오직 논리의 길을 따라가는 것이 추리 소설의 독법일 것이다.

작가가 끌고 나가는 이야기에 만족할 수 없다면 자기 나름대로 또 다른 범인을 설정해 보고 나름대로 그에 합당한 이유를 댈 수 있다면 그 또한 적극적인 독서라 할 수 있다. 서로 다른 의견이 팽팽하게 맞선다면 학급 전체의 구성원들에게 의견을 물어 어떤 의견이 우세하게 나타나는지를 살펴보는 것도 흥미로울 듯하다. 모둠을 설정하여 모둠 구성원들의 지혜를 모아

보는 것도 권장할 만하다.

이한음의 책은 각장 끝마다 어떻게 해야 우리가 오류 가능성을 줄일 수 있는지, 셜록 홈스의 사고법에 관한 매뉴얼을 달아 두었다. 그러나 이한음의 책은 사고 훈련법을 가르치는 실용서가 아니다. 깊이 있게 사고하며 텍스트에 몰입한다는 것이 얼마나 큰 기쁨인가를 알려 주는 책이다.

나무클래식 09
바스커빌가의 개와 추리 좀 하는 친구들

초판 1쇄 발행 2017년 3월 15일 | **초판 4쇄 발행** 2020년 5월 15일

지은이 이한음 **그린이** 원혜진
펴낸이 이수미
기획·편집 콘텐츠뱅크
북디자인 하늘·민
마케팅 김영란

종이 세종페이퍼 **인쇄** 두성피앤엘 **유통** 신영북스

펴낸곳 나무를 심는 사람들
출판신고 2013년 1월 7일 제 2013-000004호
주소 서울시 용산구 서빙고로 35. 103-804
전화 02-3141-2233 **팩스** 02-3141-2257
이메일 nasimsabooks@naver.com
블로그 blog.naver.com/nasimsabooks

ISBN 979-11-86361-40-5 44810
979-11-950305-7-6(세트)

이 도서의 국립중앙도서관 출판시도서목록(CIP)은
서지정보유통지원시스템 홈페이지(http://seoji.nl.go.kr)와
국가자료공동목록시스템(http://www.nl.go.kr/kolisnet)에서 이용하실 수 있습니다.
(CIP제어번호:CIP2017005281)

책값은 뒤표지에 있습니다. 잘못된 책은 바꾸어 드립니다.